彼女は、彼女だけは仮面なんてものを
必要としていないのかもしれない。

いつでも自分の心に正直に生きている。

だからこそ、多くの仮面を使い分けている僕が
惹かれてしまうのかもしれない……

なんて、実は彼女こそがものすごい仮面をつけて生きる人物で、
僕なんかには到底見破ることができないだけなのかもしれない。

References

『ヴェニスの商人』
『リア王』
『ハムレット』
『マクベス』
『ロミオとジュリエット』
『オセロー』
――シェイクスピア

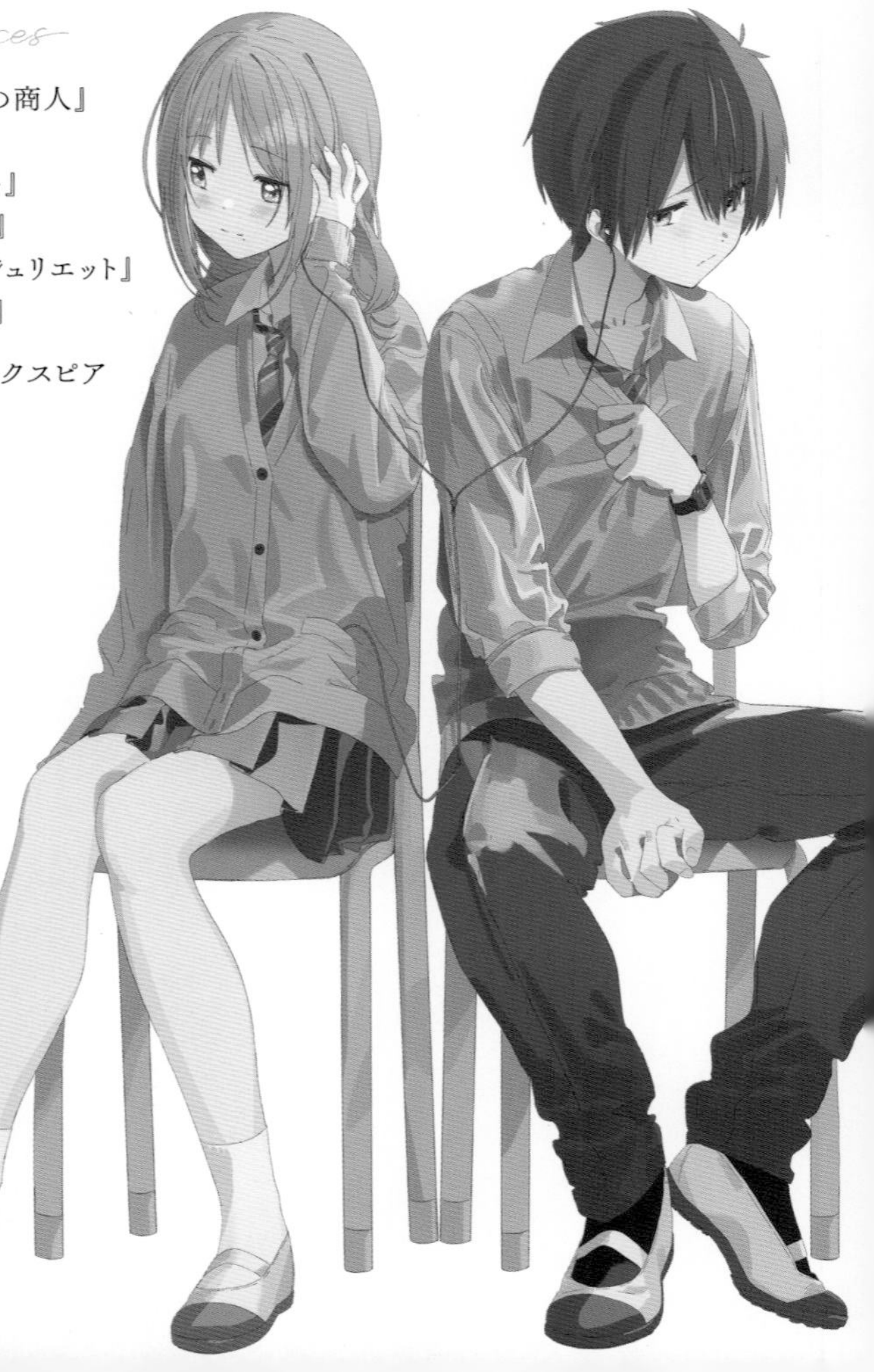

——to be or
not to be

するべきかしないべきかは問題じゃない。
しなければ幕は上がらないし、幕も下りない。
いつかは必ずしなければ
この気持ちはどこにもやることができないのだ。
つまりはそれがいつなのか、そこが問題だ――。

# 僕らは『読み』を間違える２

水鏡月聖

角川スニーカー文庫

23525

Contents




illustration　ぽりごん。
design work　長崎綾（next door design）

やらないで後悔するよりはやって後悔したほうがいいと人は言う。

やらなかったことに対する後悔というものはいつまでたっても浄化されることなく残り続ける一方、やったことで後悔すればそれまで。次のステップに進むことができる——なんて言うのはとても優秀な人間の振りかざす詭弁《きべん》に過ぎない。

一度犯してしまった失敗のせいでその後のありとあらゆる可能性が失われてしまうなんてことはざらにある話で、失敗は必ずしも成功の母になりうるとは限らない。

それに、やらないことで後悔した人にはそれ以上の後悔は生まれず、やってしまったことで後悔した人間のそこから派生するいくつもの後悔を知らないままなのだ。これではあまりに不公平すぎる。

だからと言って、あれもやらない、これもやらないと言っていれば結局やらないことに慣れていき、気がつくと何もしていないままに時間だけが過ぎている。その過ぎた時間に後悔することもまた間違いないだろう。

ならば、それほど後に響かない程度の失敗をしながら生きていくのがいいのか？　あるいは一つの成功体験が自信を生み、次の成功につながることを信じて失敗を恐れず行動を起こすのもアリだろうか。そもそも絶対に失敗しないことだけを選んで成功を重ねていくべきか？

ハイリスクハイリターン。失敗の危険をはらむ大きな賭けをしない限り、人は小さくまとまってしまうだけで何も果たせないままに終わってしまう。

——まったく。

自分で何を言っているのかよくわからなくなってきたな。

まあ、要するにだ。

——やるべきか

やらざるべきか……

それが問題だ。

# 『ヴェニスの商人』(シェイクスピア著)を読んで

竹久 優真

〝シェイクスピアにはゴーストライターがいる〟

そしてその正体は外交官ヘンリー・ネヴィルであったり、オックスフォード伯エドワード・ド・ヴィアーであったり、フランシス・ベーコンであったり、劇作家のクリストファー・マーロウであったり等と様々な説がある。

昔から偉大な人物であればあるほどに別人説や影武者説というのが付いて回る。日本国内の歴史においてもそれは例外なく発生している。

聖徳太子、源義経、徳川家康……。挙げればきりがない。もはや影武者をささやかれるのが偉人のステータスだと言ってもいい。

夏休みが明けて九月一日となった。夏に読んだライトノベルのせいで、ひょっとしてこのまま夏休みが終わらずに繰り返すことになるんじゃないか、という不安は、どうやら解消されたらしい。もしかすると今の僕が知らないだけで実は昨日までの夏休みが1549回ほど繰り返されていたかもしれないけれど、今の僕が知らないならばそれはなかったこととして考えてもいいだろう。

新学期に気分を一新して早起きし、朝から優雅に喫茶店でコーヒーを飲んでいたら思わず遅刻しそうになり、駆け足で心臓破りの坂道を上り始業のチャイムにギリギリで滑りこむ。

新学期早々の遅刻を免れ、教室を入って奥の窓際、後ろから二番目の自分の席に座り教室を眺める。

そこに、笹葉更紗《ささばさらさ》はいなかった。

見た目がギャル風であるにもかかわらずおそろしく真面目な彼女が遅刻するなんて、普通はあり得ない。

後ろの席に座るイケメンの友人黒崎大我《くろさきたいが》に聞いてみる。

「今日、笹葉さんは？」

その瞬間、脳裏に嫌な予感が走った。

「――笹葉さんって誰だ？」

ふと、大我がそんなことを言い出すのではないかと考えてしまった。いつの間にか書き換えられた世界の中で、僕はきっと文芸部の部室で眼鏡姿にショートヘアの栞《しおり》さんの力を借りて世界をもとの形に戻さなければならない、なんて想像をしてしまったのは、きっと夏に読んだライトノベルの影響だ。

いや。むしろそのほうが気持ちが楽だったのかもしれない。この世界は紛れもない現実で、なかったことにできない夏の出来事の延長線上に僕らはいるのだ。

「今日は、一緒に来てないんだ……。やっぱり、俺のせいかな……」

それが黒崎大我の口から発せられた現実世界の言葉だ。

黒崎大我と笹葉更紗は恋人同士だった。誰もがうらやむ美男美女のカップルで僕としてもその二人の友人であるというだけで鼻が高かった。

しかし、夏と共にその恋は終わりを告げた。そのことが原因でこうして新学期から一緒に登校しなくなったのだろう。

始業式ということもあり、その日の学校は午前のうちに終了した。

笹葉さんは来ないままだった。

「大我が気にすることじゃないよ」

あからさまに気にしている様子の友人の肩をたたく。

「おれはこれから部室のほうに顔を出すつもりだけど――」

「ああ、それなら俺も……」

「いや、今日のところはおれだけで行くよ。栞《しおり》さんとの過去の話を聞く限りじゃあ、いきなり大我を連れて行くよりもまずおれが声を掛けてからのほうがいいと思う」

「ああ、確かにそれはそうだな……。じゃあ、今日のところはよろしく頼む」

「ああ、まかせておけ」

男同士で、握りこぶしを軽くぶつけ合う。こういう気障《きざ》な行動にも最近ようやく慣れてきた。さみしそうに一人教室を後にする大我の背中を見送り、僕は校内の外れ、丘の上にある旧校舎へと向かう。

山の斜面に沿って建てられているこの学園の中央を貫く長い階段。それを上り詰めると正面に食堂があり、左手の奥に体育館がある。その裏手にある赤さびだらけの格子扉から更に坂の上に行ったところに旧校舎があり、そこはあまり大きく活動をしていない部活動の部室として使われている。木造二階建ての建物でその上には小さな時計台があり、随分前から時計は止まったままである……と、思っていたのだがいつのまにか動き出している様子だ。夏休みに入る前、長い間紛失していた時計台の鍵が見つかったので、おそらく夏休みの間に修理がなされたのだろう。

軋《きし》む廊下を歩き、一階の『文芸部』の表札のかかった教室に入る。古い書架が立ち並ぶ静かな部室にはショートヘアで黒縁の眼鏡をかけた少女が一人漫画を描いている。部長の葵《あおい》栞さんだ。ここは彼女を部長とした『漫画研究部』の部室で、表札の『文芸部』は漫画研究部発足前に部員不足でなくなってしまった『文芸部』のまま放置されているとのことだ。そしてまた、この漫画研究部も部員不足で存続を危ぶまれている。

十月の生徒会総会までに部員が三名に満たない部活動は廃部となる。現在漫画研究部の部員は僕と栞さんの二人だけだ。

僕の姿に気づいた彼女は眼鏡をはずして僕のほうを見つめる。黙ってさえいれば美しい大きな瞳に思わずドキッとしながらも、教室に僕たち二人以外に誰もいないことを確認する。

「残念だけど愛《いと》しのせなちーなら今日は来ないよ。さっき連絡があった。なんでも今日は外せない用事があるらしい」

「瀬奈《せな》は律儀ですね。元々部員じゃないのにわざわざ連絡をよこすなんて」

「まあ、半分部員みたいなもんだろう。何なら無理やりにでも部員として引き込んでもいい」

　どうやって話を切り出そうかとも考えていたが、いの一番そんな話の流れになってこっちとしては好都合だ。瀬奈が今日は来ないというのもちょうどいい。

「ああ、そのことで話があるんですよ――」栞さんが漫画原稿を描いている向かいに余っている椅子を引っ張ってきて座る。「――入部希望者を見つけてきました」

「ほう、それは……。あーしが納得するような人物なんだろうねえ」

「ええ、それはまあ。たしか、ＢＬ漫画のモデルにできそうなイケメンが希望でしたっけ？　それに関して言えばこれ以上の人物はいないくらいには……」

　おそろしく知恵の回る栞さんのことだ。これだけ言えばいったい誰のことを指しているのかわからないということはないだろう。

　僕のクラスメイトで親友の黒崎大我のことだ。夏休みに話をしてわかったことなのだが、イケメンにしてリア充の王様黒崎大我は中学生時代に栞さんのことが好きだったらしい。彼女を追うようにこの学校へ入学するも、一度彼女に拒絶され、笹葉更紗と交際することに。しかし、栞さんへの想《おも》いが忘れられず二人は破局してしまった。

だからこうして友人の僕がおせっかいをしているのだ。

「ならば一度入部テストをしなくちゃいけないねえ」

「入部テスト……ですか？　そんな悠長なこと言っている場合ですか？　早くしないとこの部は廃部になっちゃうんですよ」

「あーしの気に入らないメンバーを増やすよりは廃部になったほうがマシだよ」

「僕は、そんな試験受けてませんけど？」

「たけぴーは合格しているんだよ。君はいつもあーしを気持ちよくしてくれるから」

「誰かが聞いて誤解するような言い方しないでくださいね」

「大丈夫、今日はせなちーいないから。ふ・た・り・き・り」

ネクタイをするっとほどき、シャツのボタンをはずしながらそのふくよかな胸を僕に近づけてくる。多分瀬奈なら栞さんのこういう態度にも慣れているから問題ない。しかし、こういう仕草を大我のいる前でするのだけはやめてほしい。

「で、入部テストって何をするつもりですか？」

「ああ、いやまあ簡単なことだよ。とりあえずは仮入部として、この部で必要な人間かどうかを判定するまでさ。くれぐれも、あーしの機嫌を損ねないようにね。たけぴーも」

ネクタイを外し、胸元を少しばかりはだけた栞さんはその谷間に風を送るように下敷きで仰ぐ。舐《な》めるような上目遣いの栞さんから僕は視線をはずす。

「ええ、まあ。それはもちろん……」

たぶん僕は、将来誰かと結婚したならその妻の尻に上手に敷かれる自信がある。

さて、必要な話は済ませた。瀬奈も今日は来ないという話だしこのまま帰ってもよかったのだが、やはりそれは少し不躾《ぶしつけ》だろう。今、僕が栞さんの機嫌を損ねるわけにもいかない。ひとまず座っていつもの通り読書でもしようかと思ったところで、栞さんが描きかけの漫画原稿を差し出す。

「ねえ、ちょっとこれの感想を聞かせてくれないかな」

正直なところ専門外だが、断ることで機嫌を損ねかねない。手渡された漫画原稿のタイトルは『●ニスの笑人』とある。

借金の担保として●んぽをかけていたがお金を返せなくなってしまった主人公は●ニスを奪われそうになる。しかし気の利いた裁判官が、確かに●ニスは借金のカタに持って行ってもよいが、証文には精液について書かれてはいない、よって自分のものにしても一滴の精液もヌイてはならない、と判決を下す、というくだらない話だ。

栞さんはいわゆる薄い本の漫画家である。基本的にBLを中心に書いていてその分野ではそれなりに名が通っているらしい。『壁作家』と言うらしいが彼女自身は僕の見る限り立派な山を持っている。話をするときによく腕を組んでいるがおそらく相当に重いのだろう。組んだ腕でその山を下から支えるようにする仕草に僕はいつも目をそらしがちになる。

言わずもがなこの話のモチーフはシェイクスピアの『ヴェニスの商人』だ。

『ヴェニスの商人』はシェイクスピアの代表作の一つであり、後半の人肉裁判はあまりにも有名だ。主人公のバサーニオはポーシャという女性に求婚するための旅費を友人のアントーニオから借りる。手元にお金のなかったアントーニオは不本意ながら嫌いなユダヤ人のシャイロックからお金を借りることに。

バサーニオは無事ポーシャの出す問題、三つの箱の中から正しい箱を選ぶことに成功し、無事ポーシャと結ばれることになる。しかしそのころ、アントーニオの財産を積んだ船がことごとく行方知れずに。アントーニオは借金のカタに１ポンドの肉を差し出すと証文に書いていたせいで、その命が危険にさらされる。

そこにバサーニオの妻となったポーシャが男装し、裁判官として登場する。証文の通りにと強く主張するシャイロックに証文の通り、1ポンドの肉を切り取ることを許可する。しかし、証文には血液については記されてはおらず、一滴の血液さえ流すことは許さないと戒めたうえ、キリスト教徒の命を危険にさらした罰として財産を没収。さらにキリスト教への改宗を命令する。

裁判の後、友の命を救った裁判官に対しお礼をしたいと言うバサーニオ。裁判官は妻からもらった指輪を要求する。大切なものだと一度は断るも友の命を救ったものへの礼として差し出す。変装を解いて元の女性に戻ったポーシャは指輪をなくした夫に激怒。バサーニオは平謝りで、妻に頭が上がらなくなって物語は終わる。

さて、BL漫画についてまったくの門外漢である僕には漫画に対する評価なんてできるはずもなく、話を原作のヴェニスの商人にすり替える。

「ヴェニスの商人って、最近の演劇ではやたらとシャイロックを持ち上げてまるで悲劇の主人公みたいにしているものが目立ちますけど、やっぱり脚本を書いたシェイクスピアはシャイロックを純然たる悪役として描いていると思うんですよね。当時のイングランドの平均的な価値観としてはユダヤ人はやはり嫌われていて、だからこそ欲深いユダヤ人であるシャイロックが最後に不幸のどん底に叩《たた》き落《お》とされる物語は受けが良かったんだと思う。だけど、そんな物語の中でも無神経なユダヤ人批判や理不尽な誹謗《ひぼう》をぶつけることに対する批判的な意見はちゃんと取り入れられている。だからこそこの物語のキャラクターに陰影が出ているのだと僕は思います。そのうえで、やはりシャイロックは悪人であるし、結末のロレンゾとジェシカの掛け合いは美しく感じる……でも――」

「でも？」

「やっぱりこの物語の主な登場人物たちもなかなかのクソ野郎ぞろいなんじゃないかなと僕は思う訳ですよ。だってそうでしょう？　アントーニオはさんざんシャイロックを馬鹿にしておいてそのうえで金を借りる。しかも借りるくせに上から目線だ。

バサーニオにしたって家が落ちぶれてしまって金が無くなったにもかかわらず浪費癖が直らず、借金を抱えていたところにお金持ちのポーシャが結婚相手を探していると聞き、そこに行く金を貸せと友人にせびる。

ポーシャにしてもヒドイ。次々に訪れる求婚者に対しヒドイ暴言を吐きまくっている。しかもそのほとんどが男性の外見についてだ。そこに現れたバサーニオ。おそらく相当なイケメンだったんだろう。あからさまに正解の箱が選べるようにヒントを出しまくる。にもかかわらず自分のやっている箱選びの答えが『外見に騙《だま》されてはいけない』という意味で金や銀の箱ではなく鉛の箱を選ぶことだというのだからお笑い以外の何物でもない。

人肉裁判に至っては譲歩しないシャイロックが悪いにしても財産を没収してさらに改宗までさせてしまうというのはいくらなんでもやりすぎだ。

そして最後の指輪を要求する件。自分で仕掛けておいてキレるなんて悪質すぎる。いや、そもそも当時のキリスト教、特にカトリックにおいて女性が男装するというのは割と禁忌だったはずだ。そのあたりを考えてみればこの物語、割と悪党だらけの物語のように僕は感じるんだけど」

「ふふ、なるほど。実にたけぴーらしいね。実にひねくれている」

不敵に笑う栞さんの笑みにまたやってしまったと反省する。つい好きな話となると我を忘れて一人しゃべり続けるのは、他者からの印象が良くない。わかっちゃあいるけれど、この癖が抜けないのは中学時代にしろ、今にしろ、それを認めてくれる人が周りにいすぎるせいかもしれない。

「あーしはさ」と栞さん。「この物語、いくらなんでも都合が良すぎるとは思うんだよね。アントーニオは返せなくなる事態なんて想定していなかったからシャイロックから金を借りていたわけだし、それなのに不運なことに船は次々と難破してしまう。

シャイロックにしてもそうじゃないか？　普通ビジネスに成功しているはずのアントー

ニオが借りた金を返せなくなるなんてことは考え難《にく》いにもかかわらず、利息を取るでもなく人肉を要求している。それじゃあ悪口を言われながらに金を貸しても利息すらもらえなくなるのが普通じゃないのかな？」

「——ああ、なるほど。栞さんの言いたいことはわかりましたよ。つまり、シャイロックは初めからアントーニオが金を借りたら返せなくなることを知っていたんじゃないか、ということですね」

「そういうことだね。アントーニオの商船の乗員は金銭などを受け取って船が一時的に難破したように見せかけるよう指示されていたんじゃないかっていうことさ。物語の結末で難破していたと思われていた商船は何事もなかったように無事にアントーニオの財産を運んで港に帰ってくる。これはどう考えてもおかしいよね」

ああ、確かにそうだ……。

今日は大我の入部希望があったことだけを伝えてすぐに帰るつもりだったのだが、そのことが気になってしまい、部室の書架に置いてある『ヴェニスの商人』を手に取る。福田《ふくだ》恆存《つねあり》の訳書だ。あらすじ自体は何度も読んでいるので飛ばすように読み進んでいく。いつの間にか栞さんが僕の専用マグカップにインスタントのコーヒーを淹《い》れておいてくれた。彼女にしては気が利きすぎているようだ。

ざっくりと目を通していくつかのところが気になってきた。

まず、ポーシャの小間使いであるネリサはバサーニオのことを以前から知っている様子だ。そして、バサーニオの求婚が成功した直後にバサーニオの友人グラシャーノーとネリサは結婚することを決め、さらにその直後にアントーニオの友人サレアリオー達がやってきてアントーニオの船がすべて座礁してその身に危険が迫っていると言うのだ。

たしかに、いくらなんでもこの物語のタイミングというやつはご都合主義すぎている。こんなにも物語にとって都合の良いことが起きるというのならば、誰かが裏で暗躍しているのだと考えるほうが自然だろう。

まず、犯人として考えたのはシャイロック自身だ。アントーニオが金を貸してほしいと言い出した時に、彼の財産を運んだ船が帰ってこられないようにするか、あるいは一時的に足止めして座礁したという情報さえ流せば憎きアントーニオの命を合法的に奪うことができると計画した。

悪くない考えだが、シャイロックが金に卑しい人物であるとした場合、そんなことまでするのはカネの無駄だと思わないだろうか？

初めからとんでもない延滞利息で金を貸す証文を書かせたほうが得なように感じる。

次に容疑者として浮かび上がってくるのはポーシャだ。夫となったばかりのバサーニオの恩人アントーニオのピンチにさっそうと駆け付け、窮地から救い恩を売る。おまけにバサーニオには指輪を手放させ、妻に対し頭の上がらない状態にしてしまうという飼いならしぶり。資産も潤沢に持っており一連のたくらみを行うだけの予算も組めるだろうしそれ相応のメリットもある。

しかし、問題はポーシャ自身、求婚に来たバサーニオとは初対面の様子だったということだ。あらかじめ十分な根回しの必要な計画においてバサーニオのことを知らなかったというのであれば話にならない。

——つまり。

「この事件を裏で操っていたのはポーシャの小間使いであるネリサだよ」

僕は栞さんに宣言する。

少し冷めかかったコーヒーを口に含み軽く潤す。

「ポーシャの性格をよく知っているであろうネリサは、知人であるバサーニオがきっと好みのタイプであることを理解していただろう。そしてもちろんバサーニオの好みについてもだ。おそらく初めからバサーニオの友人グラシャーノーとは恋仲で、彼もまたバサーニオがポーシャに求婚するように仕向けたりするなどの協力をしていたのかもしれない。

予定通りにバサーニオとポーシャの結婚が決まるとネリサもまたグラシャーノーと結婚することを告げる。次の段階として、呼び寄せていたサレアリオー達にアントーニオがピンチだと告げさせ、バサーニオが急いでヴェニスに戻った直後、ネリサはポーシャに提案する。裁判官に扮装《ふんそう》して見事人肉裁判で勝利し、アントーニオとバサーニオに恩を売るという計画だ。

もちろんこの計画はうまくいく。シャイロックもまたネリサの協力者に過ぎない。そしてポーシャと同じ方法でネリサも自身の夫グラシャーノーから指輪を奪い取り、夫に対しイニシアティブをとるという訳さ。そして一通りの事件が解決した後、アントーニオの船は何事もなかったように港に到着する」

「なるほど。確かにネリサがすべてを仕組んだというのなら様々なタイミングの良さには説明がつく。だけど小間使いのネリサにそれを仕込むだけの資金があったのかな？　シャイロックが協力するにしても彼にとってデメリットしかないその計画に乗る理由がないのではないかな？」

「それに関してもある程度の説明がつきますよ。その計画に必要な資金は、バサーニオが結婚に成功してお金持ちになったのならその時に仲介したお礼として差し出すように言っていたのかもしれないし、シャイロック自らがその資金を準備したとも考えられる」

「シャイロック自身が？　彼は金銭にどん欲なユダヤ人という設定では？」

「物語全体を通してみればシャイロックがそれほど悪人でないということは十分理解できる。言っていることに筋は通っているし娘のジェシカのことも愛している。人肉裁判自体がネリサの計画したヤラセであるならばシャイロックはいたってまっとうな善人だ。しかし、彼はユダヤ教徒で娘のジェシカはキリスト教徒のロレンゾとの結婚を望んでいる。父親としてそれを祝福してやりたいとは思うが、ユダヤ教徒としてそれを認めてしまうにはメンツの問題がある。そこでネリサと共謀して人肉裁判を起こし、わざと負けることでキリスト教に改宗、財産も娘に譲渡しなければならないという判決を受けるのだ。これならばユダヤ教徒としてのメンツを守りながら娘の結婚をキリスト教徒として祝福し、財産を残すこともできる。自分の資産を使ってでもこの茶番を演じることに意味があるのではないだろうか……」

どうだと言わんばかりに弁舌を終え、すっかり冷めたコーヒーを口に含みながらさすがにそれはないなと考える。かのシェイクスピアがまさかこんな茶番劇を描いていたはずがないだろう。

そしてタイミングが良すぎることに、それこそご都合主義と言わんばかりのタイミングでこの漫画研究部に来訪者があった。

ガラガラッと引き戸を開けて、見慣れない男子生徒が僕に一瞥《いちべつ》を投げながら栞さんのほうへと歩いていく。

「あ、あの……葵さん……。いいかな？」

いかにも気弱そうな男子生徒。ネクタイは赤なので三年生に間違いないだろう。

「ああなんだ、とべっちか」

二年生である栞さんの〝とべっち〟という呼び名と三年生である男子生徒の〝葵さん〟という呼び名でパワーバランスが明白だ。

「あの……よかったら、これ……」

とべっちと呼ばれた先輩から差し出された手にぶら下がっているのは、コンビニのビニール袋。中にはたくさんのおやつが入っている。

「おや、気が利くねえ」

言いながら栞さんは袋を受け取り、机の隅にぽんと置く。

「で、今日はなんだい？」

どうやら、大量のおやつは彼女に対する依頼料らしい。たかだかお菓子で依頼を受けてくれるのを良心的だととるのか、あるいは友人の頼みに報酬を受け取ることをあさましいと考えるかは人それぞれだろう。

「さ、捜してほしい人がいるんだ」

とべっち先輩は、目をきょろきょろとさせながら、つぶやくように言った。

「捜してほしい？　行方不明かなにかかい？」

「い、いいいや、そ、そ、そうではなくて……」

「なんだいはっきりしないね。ちゃんと言いなよ」

「こ、こ、これを……」

とべっち先輩が机の上に置いたのは一冊のライトノベル。表紙には現実世界ではありえない巨大なおっぱいを有した赤髪の美少女のイラストが描かれている。『あやかし学園の事件手帖《てちょう》』というタイトルには聞き覚えがある。確か半年ほど前に某出版社の新人賞で佳作をとったのだった。さほど話題にもなっていないし、おそらくたいして売れてもいないが、記憶に残っているのには二つの理由がある。

一つ目は、その出版社の新人賞には僕もいつかは挑戦してみたいと思っていた事。そしてもう一つは、その受賞者の年齢が十七歳と書かれていたことだ。僕が〝いつか〟〝そのうち〟と言っている賞におよそ同年代の高校生が投稿し、受賞したことに焦りを感じずにはいられなかった。読書好きを自負し、いつかは小説家になりたいと思っている僕は未《いま》だかつて小説を一作、結末まで書ききったことは一度たりともない。

しかし、僕はそのライトノベルのことが気になりつつもあえて話に興味が無いように取り繕い続けることにした。鞄《かばん》から文庫本を取り出し読書をはじめ、自分はただここに居合わせているだけの他人だと主張する。


「これが？」と、栞さん。

「こ、この作者を捜してほしいんだ」

「この作者？　話が見えないね。まあ、そこに腰かけて、ゆっくり話を聞こうじゃないか」

「じ、実はこのライトノベルの作者、この学校の生徒じゃないかと思うんだ」

「この学校の生徒？　何か根拠はあるのかな？」

「こ、このラノベが発売されたのは先月の八月、今年の初めに新人賞を受賞した〝平澤《ひらさわ》かおり〟という作家が書いた作品で、巨乳の女子高生が学園に秘められた謎を解き明かす、ちょっとエッチなホラーミステリ小説なんです。で、この作品を読む限り、どうやら作中で舞台となっている学校、この芸文館《げいぶんかん》じゃないかと思うんです。学校だけじゃなく、周りの施設の名前とか、駅の名前とかも似ている名称が多くて、作者はおそらくこの学園の事情に詳しいものとみて間違いないんです。それに版元の丸川文庫の編集者のコメントでは〝平澤かおり〟は現役覆面美人女子高生と言っているんです。つまりはこの作者、うちの学校の生徒ってことになるんじゃないかと……」

初めのうちはあれだけおどおどしていたとべっち先輩も好きなことを話し始めたせいか、いつの間にか流暢《りゅうちょう》に、熱く語っていた。

「で、とべっちはその子を見つけてどうしたいんだ？　正体を黙っていてやるからなんかエッチなことをしてくれと要求するのかな？」

「そそそそそんなことするわけないです。ただ……」

「ただ？」

「サ、サインをもらいたい。相手は覆面作家なんです。だからどこかでサイン会を開くこともないし、サインをもらうことなんて普通できやしないんです。ど、どうか力になってください……」

「えー、なんでもったいない。本当にサインだけでいいのかい？　だってほら、美人覆面作家なんだよ。美人だよ美人。もう少しエッチな要求をするべきだと思うけどねえ。あーしとしては」

「そ、そんなとんでもないです。だ、だって彼女はきっと仕事も忙しいだろうし、願わくば彼女にとってできるだけ迷惑のかからないようにしておきたいんだ」

「ふーん、そうか……ま、とべっちがそう言うのなら仕方ないけどね。いやしっかし男っていうのは大概ロマンチストすぎて困るよね。男性向けのエロ漫画にしてもそう。大概肝心なところを美化しているんだよね。そのものをズバリ生々しく描くとグロテスクだなんて言って敬遠されちゃうんだよねー」

――と。そこで少しの沈黙が訪れる。栞さんが視線を僕の方へと向けているのは明白だ。しかしもちろん僕は面倒事には関わりあいたくないのでそれに気づかないふりをする。

「ねえ、たけぴーはどう思う？」

急に話を振る栞さん。

「え？　――あ、すいません……」

まるで今までの話を聞いていなかったかのように振る舞う。無論そんなことは無く、ガッツリ聞いてはいたがまるで興味が無いように文庫本に視線を向け、あたかも読書をしているふうにページまでめくっていた。当然読んではいない。しかし栞さんはそんな小細工が通用する相手ではない。

「えっと……どう思うか、でしたっけ？」

軽くため息をつき、少し面倒くさそうに言ってみる。

「なんで、覆面作家なのに美人ってわかるんでしょうか？」

生意気な屁理屈《へりくつ》をこねるのが僕の得意分野だ。無論、そんなだから恋人なんていない。

「まあ、美人っていうのは個人の主観によるものだからね。ほら、そこいらで見かけるブサイクカップルだって、彼らの主観では相手が美人に見えているのかもしれないよ」

「でも、そういう人に好きなタイプを芸能人で例えてもらうと、まあ決まって美男美女の名前が出てくるもんですけどね」

栞さんの性格が悪いのはそうだが、おそらく僕も負けてはいない。

「まあ、この手の問題はあーしなんかよりきっとたけぴーの方が専門分野だろうからよろしく頼むよ」

「よろしくたのむ？」

栞さんのそのひとことで、とべっち先輩は僕の方へと向き直る。机の上のライトノベルをスーッと僕の方へと押しやった。表紙には現実世界ではありえないくらいの巨乳の女子高生がかなりきわどいポーズで描かれている。最近のライトノベルの表紙は内容に関わりなくこうしたエロティックなイラストが多い。その方が売れるのだと言われると仕方がないようにも思えるが、いかんせん本屋でレジに持って行くのに抵抗を感じることもある。

「いや、中身は決してそんな内容ではなく……」などと説明するのも甚だおかしい話ではあるし、事実読書をしない人の中にはライトノベルをエロ本のたぐいだと思っている人も少なくはない。

さて、話を戻そう。ともかく結局こうやって、今回もまた面倒事を押し付けられるのだ。

しかしまあ、僕自身も決してそれが嫌なわけでは無い。読書好きの僕からしても、このライトノベルの舞台が今自分の通っている学校で、その作者がこの学校にいるのだと聞かされて興味がわかないわけがない。

僕はそれを手に取り、ぱらぱらとめくる。冒頭の書き出しを少しだけ読むかぎりでは、桜並木の長い坂道を登り、高校生活をスタートさせている。途中に花の咲かない桜の木が一本だけある。僕の記憶とは符合するし、学校の名前も明らかに似ている。

「――で、その作者の正体に心当たりはあるんですか？」

「ないということもないんです。ただ……これといった根拠もないんで……」

「わかりました。僕なんかでお役に立てるかどうかはわかりませんが、とりあえずやってみます」

なんて言いながら、実は内心昂《たかぶ》っていた。なんかこういうの、依頼を受ける名探偵みたいでいい。もしかすると栞さんは今日、とべっち先輩が来ることを予見したうえで僕にヴェニスの商人の話を振り足止めをしたんじゃないかとさえ勘ぐってしまう。栞さんはそういうことが平気でできる策略深い人間であることに最近気づきつつある。

僕はライトノベルをとべっち先輩に返し、席を立った。
「じゃあ、僕は早速調査に出かけます」と探偵気取りで部室を後にした僕がまず向かったのは駅前の本屋だ。まずは参考資料としてそのライトノベルを購入する。おそらくとべっち先輩は先程参考資料として『あやかし学園の事件手帖』を差し出したのだろうが、あえて僕はそれを返した。それというのも自分の通う学園が舞台になっているかもしれない、同じ学校の生徒が書いたのかもしれない本を自分自身の手元に置いておかないという法はない。まずはちゃんと自分用のものを用意しておきたかったからだ。

学校の最寄駅、東西大寺《ひがしさいだいじ》駅の南口というもはや方角のよくわからない場所のロータリーを挟んだ向かいにひっそりとたたずむ書店がある。店舗自体は某有名チェーン店の一支店でしかないが、元々本なんてどこの店で買っても同じものだ。ただし、その売り方は店舗によってまるで違う。いや、店舗というよりはその本屋で働いているスタッフ一人一人のやり方によってまるで違うと言っていい。ポップの書き方や本の配置の仕方は千差万別だ。どうも個人的にはネットの書店でカートに入れて配達を待つというのは味気なくて好きになれない。しかし昨今、どんどんと書店の数が減ってこういったポップが少なくなっていくのは残念でならない。特に、駅前にある書店では時間つぶしに立ち寄って思いがけない本との出会いがあったりするというのに。

さて、話がそれてしまったので戻すことにしよう。

駅前の書店は小さいながらにわりと繁盛している。田舎の電車の本数は一時間に一、二本程度しかなく時間をつぶすのにちょうどいいというのもあるが、近くに学校がいくつかあるというのもその理由の一つだろう。

通いなれた書店の通路を、僕はまっすぐにライトノベルのコーナーへと向かう。普段ならあちこち物色して廻《まわ》るところだが、そんなことをしているうちに時間を思いのほかかけてしまうので自制のためでもある。

ライトノベルのコーナーに行き、目的の『あやかし学園の事件手帖』は簡単に見つかった。それほどヒットしているわけでもないその作品が現在アニメ放送されている作品群と並んで平積みされているのは、ひとえに書店員の努力のたまものだろう。

『地元作家のデビュー作』と書かれたポップには東西大寺駅周辺が物語の舞台になっていることが書かれている。都心部に住んでいる人ならばそんなことは慣れっこなのかもしれないが、田舎ではめったにありえないその宣伝文句の効果は絶大だ。

さらには『レジカウンターにてサイン本販売中』とある。

――いや、ちょっと待て。だとしたら、そのサイン本を買えば今回の依頼は達成ということになるのではないだろうか。あるいはこの書店の書店員は作者と面識があるということではないだろうか。

〝事実は小説より奇なり〟という言葉もあるが、果たしてその言葉は好意的でない方向へと導くことだってある。せっかくの探偵ごっこに胸躍らせていたというのに、いとも簡単に、しかもとてもつまらない形で答えにたどり着いてしまう。もしこれが小説の中の出来事ならば、ちゃんとした道筋を立てて推理をした結果、大どんでん返し的に犯人にたどり着くというものだ。

だから僕は、あえてサイン本も買わないし、書店員に平澤かおりなる作家の正体も聞かないことにする。

だってそうだろう。それは推理小説を買って冒頭を読んだ後、中間をすっ飛ばしていきなり結末を読んで犯人を知るのと同じ行為だ。そんなことをやる奴《やつ》なんてまずいないだろう。

というわけで平積みされている文庫の上から二番目を手に取る。その瞬間、ふと嫌な視線を感じた。少し離れた棚のところに同じ高校の制服姿の女子生徒がいる。僕が手に取った『あやかし学園の事件手帖《てちょう》』の表紙イラストはあまりにも性的すぎてパッと見エロ本にしか見えない。

しまったと思い、ついそっちを見る。

その女子生徒はまるで見てはいけないものを見てしまったかのように手に持っていたハードカバーの本で顔を覆い隠した。

『キャッチャー・イン・ザ・ライ』

僕は、ライ麦畑ならず、本の畑の中。一番見られたくない瞬間を一番見られたくない人物に見つかってしまった。

ネクタイの色は僕と同じ青色、一年生だ。スカート丈は短くまっしろな脚がむき出しで少しビッチっぽい。顔を隠しているものの染髪されたストレートのきれいな髪のせいでその人物が誰であるかを推理する必要はない。ぶら下げている鞄《かばん》についている鼻ひげを生やした猫『吾輩《わがはい》は夏目《なつめ》せんせい』のキーホルダーはレアな商品で、持っている人はそうそういるものではない。

僕は彼女の方へと歩み寄る。

合わせて、彼女はハードカバーで顔を隠したまま一歩、二歩後ずさりする。

「笹葉さん？」

――笹葉更紗。クラス一の美少女。入学当初の憧れの人。親友の元恋人。今日、学校を

CATCHER

サボタージュした人。

おそらく今日、学校へ来ようとはしたものの別れてしまった恋人黒崎大我とどう顔を合わせればいいのかに戸惑い、いまだもってこんなところでうじうじと時間をつぶしていたのだろう。実は今日一日彼女のことが気になっていたものの何の手掛かりもない僕が、ここで彼女とばったり会うなんていうのはこの上ない僥倖《ぎようこう》である。

「学校をさぼってこんなところで何をしているのかな？」

観念してハードカバーの本をずらすと、相変わらず美しい彼女の顔が少しだけしおらしさを含んでそこに現れた。本来どちらかと言えばM気質の僕ではあるが、そんな彼女の姿を見るとすこしだけSな気持ちが理解できそうになる。

「やっぱり、大我のこと気にしてる？」

「えっと、あ……」

言葉に詰まり、こくりと小さく頷《うなず》く。

「笹葉さんが気にすることじゃないよ」

「で、でも……」

「でないと、おれも困るから。いろいろと……」

笹葉さんは小さくため息をひとつつき、「そうよね」とだけつぶやいた。

下へと落とした彼女の視線は、僕の手元でとまった。

「あ、それ……」

笹葉さんの言葉に、僕は手に持ったままのライトノベルに気が付いた。知らない人からすれば、ただのエロ本にしか見えない表紙のライトノベル。

「あ、いや、違うんだ。これは……その、ちょっと頼まれごとを……」

しどろもどろで言い訳をしようとする僕の横で、笹葉さんはひとり呟《つぶや》いた。

「その作者って、三年の福間《ふくま》さんなんでしょ。福間香織《かおり》さん」

——と。

さらりと聞きたくないことを聞いてしまった。

もちろん笹葉さんに悪気があったわけでは無いだろうけれど、僕は推理小説の犯人の名を読む前からさらされることになってしまった。さらに笹葉さんの追い打ち。

「すぐそこの、喫茶店『ダディ』の娘」

もう今更、探偵ごっこなんて意味はなくなった。さっさと依頼を完了させるのがより良い選択肢だろう。

「そ、そうなんだよ……。ちょっと人から頼まれてさ……。今からこの本をあそこの喫茶店に持って行って、それでサインを書いてもらおうとしていたんだよ……。ある先輩からの頼みで……」

「ふーん。そうなんだ」

笹葉さんの目は少し冷たい。

たぶん。『ひとから頼まれて』という部分を疑っているのだろう。そう思われるのは少しばかり恥ずかしい。だから、咄嗟《とっさ》にあることを思いついた。サインを書いてもらう時、わざわざ『とべっちへ』と書き入れてもらうのだ。とべっち先輩を売ることにはなるが、はじめから口止めされていたわけじゃない。

「今からサインをもらいに行くつもりなんだけど、笹葉さんもよかったら一緒に……」

「え？」

「あ、ほら。喫茶店にサインもらいに行って何にも注文しないというのも悪いし、ひとりで行ってひとりで食べるのもなんだし……さ……」

「え、あ、うん……べ、べつに……そういうことなら……かまわないけれど……」

喫茶店ダディはその書店のすぐ隣にあった。外観はいかにもノスタルジック。白い外壁の二階建ての建物で、おそらく二階部分は店主の住居となっていると思われる。しょっちゅうこの店の前を通っていたのに、今までここに喫茶店ダディがあったことに気が付かなかったのは、僕がいかに周りを見ていなかったかという証拠だ。

店内は外観からのイメージとはうって変わり、アンティークを思わせるカントリー調。クラブサンドとコーラが似合いそうな内装だった。店内はそれほど広くはない。カウンター席と、ボックス席が三つあるくらい。流れているサイモン&ガーファンクルの曲は決してカントリー調とは言い難いが『コンドルは飛んで行く』というタイトルだけならカントリー風と言えなくもない。

昼下がりということもあり、地元民であろうマダム達が空になったコーヒーカップをそのままにおしゃべりに夢中になっている。

店の従業員は五十代くらいの中年の男性がひとりカウンターの中に立っている。カウボーイを意識しているのかと聞きたくなるような立派な鼻髭《はなひげ》を生やしているが、顔はいたって平均的な日本人顔で、服装も白いコック服にモスグリーンのエプロン姿。まかり間違ってもカウボーイらしさは出ていない。

空いているテーブル席に笹葉さんと向かい合わせに座り、メニューを開く。

ドリンクメニュー以外クラブサンドしか見当たらない。そのかわりクラブサンドにはいくつかの種類があった。笹葉さんはたまごのクラブサンドとコーラ、僕はハムカツと海老《えび》フライのクラブサンドとホットコーヒーに決め、マスターを呼ぼうと見上げると、いつの間にかマスターの姿は店内に見当たらなくなっていた。しばらくたっても誰もいないままだったので、やや控えめな声で「すいませーん」と呼んでみた。

「はーい」奥の方から若い女性の声が響いてきた。安心して待っていると、奥の方からエプロンを掛けながら、サンダルをカラカラと鳴らしてひとりの少女が出てきた。

身長は随分小柄で140センチあるかないか、ゆるくウェーブした黒髪を後ろで一本にくくった格好だった。色は白く、たれ目で童顔。まるでチワワを連想させる彼女は一見中学一年生くらいに見えるが、モスグリーンのエプロンから覗《のぞ》くその白いシャツとスカートは明らかに僕たちの通う芸文館高校の制服で、ネクタイは赤色。即《すなわ》ち彼女は高校三年生で僕たちよりも二歳年上だということだ。

状況から考えて、彼女がこの喫茶店ダディの娘。ライトノベル作家『平澤かおり』の正体、福間香織ということで間違いないだろう。

さすがに僕も、出会いがしら一発目でサインをくれだなんて不躾《ぶしつけ》なことは言わない。クラブサンドとドリンクを注文すると、福間香織はスタスタとカウンター越しのキッチンに入って行き手際よく料理を作り始めた。

笹葉さんの話によると、福間先輩は調理科の生徒らしい。僕の通う芸文館は正直それ程偏差値の高い学校ではない。僕のいる名前だけの特進コースの他は栞さんたちの美術科クラスや音楽科クラス。それに福間先輩のいる、プロの調理師を目指す調理科クラスがある。福間先輩は将来的にこの店を継ぐつもりがあるのかもしれない。中年オヤジのマスターの代わりに料理をする手さばきはいわゆる〝お手伝い〟のレベルではなく、しっかりとしたプロの風格がある。

出来上がったクラブサンドのボリュームは並ではなかった。具の量がハンパではない。具をトーストしたパンで挟むのがサンドイッチだと思っていたが、むしろこれは大量の具の両脇にパンが添えられているという感じだ。僕は溢《あふ》れんばかりのたっぷりの具がこんがりとトーストされたパンの間からはみ出てしまうのを押さえ込みながら豪快にかじりつく。笹葉さんはさすがのボリュームに音をあげてとうとうクラブサンドを小分けにして食べるしかなかった。

人は、食事をしている時に一番無防備になるものだ。だから、女性をデートに誘う時は食事をメインにするのがいい。それを応用し、笹葉さんと食事をしながら互いに好きな本の話をしたりして、大我と別れてしまったことでぎくしゃくしていた空気もいくらか和み、少しだけ訪れた沈黙の後にさりげなく、

「やっぱり、大我のことが許せない？」

と、少し不躾な質問を投げかけてみた。このわずかな沈黙を、彼女がそのことに触れて

ほしくて作り出した沈黙に感じたからだ。

「黒崎君は悪くないわ。やっぱり竹久《たけひさ》は少し勘違いをしているみたい。ウチがひとりで勝手に毒虫になってしまっただけ」

まるで用意していたかのようなそんな言葉をつぶやいた。

「毒虫？　カフカの変身？」

──ある朝グレゴール・ザムザが目を覚ますと毒虫になっていた。という書き出しはとても有名。チェコの文豪フランツ・カフカの名著だ。

「ある朝、笹葉更紗が目を覚ますと毒虫になっていた──」僕は一言そうつぶやいてから「ところでさ、笹葉さん。笹葉さんはあのカフカの『変身』を読んで、どんな感想を持った？」と質問してみる。外見こそ派手なわりにあまり社交的でもなく周りに敬遠されがちな印象を与える彼女だが、実はものすごくまじめで心の純粋な文学乙女だ。本の話をしているときが一番元気で言いたいことをはっきりと言う。

「え？　そ、そうね……。ウチはあの話を読み始めたとき、あまりに突拍子のない書き出しに、実際に虫になったわけではないと思ったの。毒虫とは比喩表現的な意味合いで、引きこもりと言うか、鬱病的な意味だと思ったの。これはあとで知ったことなのだけれど、カフカの書いた原文では Ungeziefer《ウンゲツィーファー》 となっていて、汚れてしまったもの、役に立たなくなってしまったものという意味を含む言葉で、必ずしも虫になったとは言い切れないらしいのね。

物語の冒頭、家族の生活をひとりで支えなければならない存在である自分が仕事に行こうと起き上がろうとするもうまく立ち上がれなくてそのまま仕事を休み、部屋に引きこもっているうちにだんだんとその生活を快適に感じるようになっていく。

一方で家計を支える働き手であるザムザがひきこもることで、ほかの家族は仕事をはじめ活力的になっていく。『変身』という言葉はザムザだけではなくその周りの登場人物にもかかる言葉なんじゃないかなって思う。

最後にザムザは死んでしまって、残された家族は幸せそうになるのよ。

ウチはひとり毒虫みたいになってゆくけれど、竹久たちはウチを残してどんどんと大人に成長する……ほら、ザムザとさらさ。なんか似ているでしょ」

「……え？　今、もしかして笑うところだった？」

「そ、そういうわけじゃなくて」

「まあ、仮名で三文字の回文になる人物名ということならザムザもカフカもサラサも共通だ」

「それにトマト」

「トマトは人の名前じゃないだろ」

「そんなことはないわ。『ティファニーで朝食を』の中にサリー・トマトという人物が出てくるわ」

「うーん、覚えてないなあ。あの話好きなんだけどなあ」

「あとは『あしながおじさん』に出てくるジョン・スミス」

「僕の中ではジョン・スミスはあしながおじさんではないんだよなあ。その話の中ではジョン・スミスはタイムリーパーで、タイムリーパーと言えばジョン・タイタ。タイタもやっぱり三文字で回文になっている。これらすべての共通点と言えば……みんな魅力的だということくらいかな？　何も笹葉さんが毒虫であると結びつけるような理由にはならない。それにしてもやっぱり笹葉さんは生粋の文学乙女だね。ザムザが鬱病の引きこもりのことだったとは僕も考えていなかったな」

「間違いだったけれどね。ちゃんと読んでいけば本当に『虫』に変わっているわけだし」

「いや、案外カフカはそういう意味も込めて書いているのかもしれないよ。それでさ、僕がカフカの変身を読んで思ったことなんだけど……。

　笹葉さんはさっきザムザが死んだって言っていたけど、僕が読む限りザムザが死んだなんて一言も書かれていないんだよね」

「え？」

「……うーん翻訳の仕方によるのかもしれないけれど、僕の読んだ限りでは黒く、硬くなって動かなくなった……。という文章だった」

「で、でもそれって結局は……」

「ねえ、笹葉さん」

「……」

「〝毒虫〟って言われてどんな虫を想像する？」

「そうね。硬い殻に覆われているカブトムシのような生き物かしら。ウチの読んだ本の表紙にはそんなイラストが描かれていたし」

「だよね。多分本当はそれが正解なんだと思う。だけど僕は初め『毒虫』という言葉を聞いて思い浮かべたのは毛虫だったんだ。だから頭の中ではずっと毛虫のような、芋虫のような生き物を想像していた。翻訳ではちゃんと『甲虫《かぶとむし》』と訳しているものもあるけれど、僕が読んだ本は毒虫としか書いていなかったので最後まで毛虫だと思って読み進めたんだ。そうすると物語の最後、黒く、硬くなり、動かなくなってしまうのは死んだからじゃあない」

「――あ」

「そうだよ、サナギだよ。『ささば』と『さなぎ』って似ているだろ」

「いや、それは似てないと思うのだけれど……もしかして、笑うところだったのかしら？」

「そうしていただけると助かるんだけど……いや、無理にとは言わないよ。余計に傷つくことになりそうだから……」

まあともかくさ。小さいことは気にしないで、とげとげしい毒虫が自分の殻にこもって固くその身をサナギの中に閉じ込めたら、あとはもう少し……もう少し頑張れば蝶《ちょう》になるんじゃないかかな。

変身の物語がザムザの死で終わるというのはあまりにもいたたまれない。もし、あの話に続きがあって、それを自由に想像していいという事になったら、やがて立派な蝶に変身して大空に旅立っていくって結末はどうだろうか。つまり、笹葉さんもサナギになってそのあとは、蝶となって羽ばたくことができるんじゃないかな」

「ウチなんかが蝶に？　なれるかしら？」

「蝶になって飛ぶか、飛ばないか。それが問題だね」

「相変わらず、竹久はバカみたいにロマンチックなことを時々言うのね」

笹葉さんはその時、今日初めて小さくクスリと笑った。

たぶん夏の一件以来彼女は夏休みという時間の中であまり人と触れ合うことなく一人ネ

ガティブな感情をためこみ続けてしまっていたんだろう。凝り固まってしまった思考が彼女の学校へ行く勇気を鈍らせてしまった。今から思えば夏休みの間、僕は笹葉さんのことをもっと気にかけて連絡を取り続けるべきだったのだ。

今日こうして馬鹿な話をすることで笹葉さんの感情が前向きなものへと変わってくれるならありがたいと思う。つらいから落ち込むのではなく落ち込んでいるからつらくなる。笑ってさえいればそれだけで楽しくなってくるのだということを僕も最近学んだばかりだ。

さて、一通りお腹《なか》も満たされたのでレジに立つ。僕から笹葉さんを無理やりに誘ったということもあり、二人分の支払いをする。もちろん笹葉さんは遠慮しようとはするが、そこは僕が男気を出して断る。

レジの前に立ち正面から向きあうと福間先輩は本当に小さい。仕事だというのもあるのだろうけれど、年下である僕たちに天真爛漫《てんしんらんまん》な笑顔で対応してくれるその姿にいくばくかの胸の高鳴りを感じずにはいられない。

「あの……」

言いながら、先程書店で買ったばかりのライトノベルを鞄《かばん》から取り出す。

僕が差し出すまでもなく、そのライトノベルのタイトルを確認した彼女は、少し困った顔になった。

「ごめんなさい……その作者、わたしじゃないです。よく、勘違いされるみたいで……」

僕が何も言わなくても、彼女はサインをせがまれることを理解していた。きっと、こんなことは初めてではないのだろう。少し、迷惑しているのかもしれない。

無論、福間先輩の言う『わたしじゃない』は嘘《うそ》かもしれない。しかし、彼女がそう言う以上僕にその先へ踏み込む権利はない。少なくとも僕は彼女からサインをもらうことはできず、一見簡単そうなミッションはそう簡単には終わらない。

サインを嫌がる彼女からサインをもらうという行為は、もはや探偵の仕事ではなく、詐欺師か女たらしの仕事だろう。

僕には身近に最強の『女たらし』なる人物がいるが、まさかそいつがその仕事を受けてくれるとは到底思えない。

「ねえ、あなた笹葉さんでしょ?」不意に福間先輩に声を掛けられて笹葉さんは少し戸惑った。「瀬奈が探してたわよ。黒崎君だっけ?　あのすごくかっこいい人と一緒に。あなた恋人なんでしょ?」

そういえば瀬奈は福間先輩と同じ調理科だ。今日瀬奈が部室に来なかったのは学校に来なかった笹葉さんのことを心配して探していたのかもしれない。それに大我まで一緒になって探していたとは……。後でちゃんと連絡をしておかないといけない。

「すいません。ご迷惑をおかけしてしまって」

「うんうん。それはいいんだけど、大丈夫なの？　彼氏が必死に探している中別の男とデートなんかして？　まあ、このことは秘密にしておいてあげるけど」

デートをしている別の男というのはもしかして僕のことだろうか？　それにしても校内のどこにいても人の目を引くような笹葉さんと大我の交際については周知の事実らしい。今ここでもう別れただとか言い出すのも煩わしいので、その場は黙って立ち去った。


喫茶店を出て、目と鼻の先にある駅へと向かう。間もなく笹葉さんの乗る電車がやってくる頃だ。

「瀬奈や黒崎君にも謝っておかないといけないわね。みんなに心配かけてしまったみたいで……」

「まあ、心配はかけるものではなくて各々が勝手にするものだけどね。それでも一応謝っておいたほうがいいかな。大我にはおれから言っておくよ」

「ううん、それはダメ。ちゃんと自分の口で伝えておくわ」

「そうか……それならもう、大丈夫そうだね」

二人の乗る電車は互いに逆方向。笹葉さんは陸橋を渡って駅のホームの向かい側に立った。遠くから、笹葉さんの乗る電車がってやってくる姿が見える。田舎の駅に僕たち以外は誰もいなかった。

線路を挟んだ向かいのホームで笹葉さんが聞いてきた。

少し上ずる声で、それでも少し離れた相手にちゃんと聞こえるであろうはっきりとした声で……

「竹久は……。瀬奈のことが好きなの？」

「……」

「……」

電車が迫ってくる。

「それ……答えなきゃダメかな？」

「別にいいわよ。ほとんど答えているようなものだから……」

直後に二人の間に電車が割込み、互いにどんな顔をしていたのかは見えなくなってしまった。それでいいと思う。

家に帰り夕食を済ませ（その日の夕食はボリュームがたっぷりのハンバーグだった。しかし、思春期の男の子というものはいくらでも食べられる）自室にこもり、買って帰ったライトノベルを開いた。

その日のうちに読み終わり、なるほどこの作者が芸文館の生徒だということの確信が持てる。校内の様子は一部、現実と違うところがある。ラノベの中に描かれている校舎は三棟、でも実際は四棟ある。それにこの学校には美術科だとか調理科だとか変わった科があるが、看護科なんてものはない。しかしそれ以外に関して言えばおおよその部分で一致する。物語の辻褄《つじつま》に合わせてそのくらい変えるのは普通のことだろうし、少なくとも部外者が想像で書いてここまで一致するとは考えにくい。

ストーリー自体は陰陽師《おんみようじ》の血を受け継ぐ赤毛の美少女が学園内で次々と起こる怪奇現象を追い、最後は学園内に渦巻く過去の因縁に根差した悪霊たちにバトルで勝利するという筋書きだ。いたるところにお色気シーンがちりばめられている。特に看護科で看護師を目指すドジッコ女子高生が、主人公の女の子に付き合ってもらって包帯巻きと注射器の練習をするシーンは、文章を読んでいる限り、まるで二人がレズビアン的性行為を行っていると勘違いしてしまいそうな描写だ。

なるほどこれを現役女子高生が書いたというのであれば、その素性を隠したいというのもわからないでもない。

だけどどこか……何かが腑《ふ》に落ちない。そんな感じがする。どうしてこの物語には……

翌朝教室に到着し、いつもの通りに後ろの入り口から入るとすぐのところに笹葉さんの席があり、元来まじめな性格の彼女は既に席に座っていた。

僕はあえて少しテンションを高めに「おっはよー」と挨拶する。一瞬笑顔になった笹葉さんだが、すぐ後ろから入ってくる大我の姿に気づき、少し気まずそうな表情で控えめに「おはよう」と返す。続いてそれに応えるかのように大我も控えめな挨拶。

そう簡単に元の通りの友達関係に戻れるとは思っていないが、たとえ仮初の仮面をつけたままでもいい。なるべく元の友達同士のふりくらいはしておいてほしい。でないと、こっちにとっても都合の悪くなることだってある。

午前の授業が終わり昼休み。以前ならば大我と笹葉さんの三人で学食に向かうところだ。しかし大我は「わりい。今日はメシ買ってきたんだ。食堂へはお前たちだけで行ってきてくれ」と言った。

確かに恋人同士でなくなった二人が一緒に昼食をとるというのも気まずいもの。だから大我は逃げ道を作ったのだろう。そしてそれは笹葉さんにしても同じことだ。振り返ると笹葉さんの姿はどこにもない。僕たちから食堂に誘われることを避けるためだろう。

本当のことを言えば僕はわざわざ食堂に行く必要はない。毎朝わざわざ母親がちゃんと弁当を作って持たせてくれているのだ。だけど僕は友達付き合いを優先するため昼休みには食堂で皆と一緒に食事をし、弁当は放課後に部室で食べていた。

だけど今までそれを黙っていたことをここで発表するのも気まずく、僕は一人教室を後にした。

弁当の入ったカバンを持って僕が向かったのは食堂ではなく旧校舎の漫画研究部の部室だ。放課後に食べていた弁当を昼休みに食べればいいだけのことだ。

しかし、そこには先客がいた。女の子らしいかわいらしさをアピールしたお弁当ではなく茶色の多い実用的なお弁当を広げて、ボッチめしを食べているのは部長の栞さんだ。

「あれ、なんで栞さんこんなとこにいるんですか」

「昼ご飯は昼休みに食べるべきだと言ったのは君じゃなかったっけ？」

「言ったかもしれませんが、大切なのは友達と食べたほうがいいというところです」

「それをたけぴーが言うのかい？　君だってここで一人ボッチめしをしようと来たんだろ？」

「まあ、いろいろとあるんですよ。僕にも」

「めんどくさいねえ、友達なんて奴《やつ》は」

椥さんの向かいに座りお弁当を広げる。もし誰かがこんな姿を見たら仲良く逢引《あいび》きでもしているように見えるのだろう。

「まあ、これはこれでアリですかね。しばらくはこういう状態が続きそうなのでよろしくお願いします」

「まあ、かわいい後輩がそう言うのなら昼飯くらいは付き合ってあげてもいい」

そして椥さんは箸でつまみ上げた少し大きめのウインナーを持ち上げ、舌先でそれを舐《な》め上げながらに上目遣いで言う。

「ねえ、たけぴー。このウインナー。パッケージに〝おとなむけのウインナー〟って書いてあったんだよ。〝おとなむけ〟ってなかなかに卑猥《ひわい》な言葉だよね」

「はい。おめでとうございます」

軽くあしらうも椥さんは箸でつまんだウインナーを僕の目の前に差し出し「はい、あーん」と言ってくる。

「もしかして椥さん。そういうのが好みなんですか？」

「あーしも愛に飢えているからね。このくらい付き合ってよ」

少しやさぐれて言う姿にいくばくかの同情を感じ、誰も見ていないことだしこれくらいはいいかと口を開く。放り込まれたおとなむけなるウインナーは燻製《くんせい》が強めでスパイシーだった。口の中でかみ砕きながら先ほど栞さんがこのウインナーを舐め上げていたことを思い出したが、大人である僕はそんなことでいちいち騒ぎ立てたりはしなかった。

午後のホームルーム。九月末に行われる学園祭の実行委員に笹葉さんは自ら立候補した。本来ならば誰もやりたがらない仕事だ。これから先一か月近くもの間放課後残ってつまらない会議とやらをくりかえすのだ。まさかたった一度しかないという貴重な青春時代の放課後をそんなことに費やしたいと思うやつなんて普通はまずいない。しかし、彼女にとってその仕事は、放課後に恋人と一緒に過ごさなくなってもてあますであろう時間の埋め合わせとして、ちょうど都合がよかったのだろう。

部活動をしていない大我はひとり帰路につき、僕は放課後の部室へ足を運ぶ。

どうすれば福間先輩からサインがもらえるのか栞さんに相談したいというのもあったのだが、あいにく彼女は僕の報告にもまったく興味を示さない様子で漫画のネームを描いている。どうにも相談を持ち掛けにくい。

仕方なしに椅子に座り、持っていた文庫本を取り出して読書に励む。

数分もしないうち、静かな部室に「ちゃーおー」と元気な声が響く。

栗色《くりいろ》のストレートヘアをなびかせながら健康的に日焼けした肌で、琥珀色《こはくいろ》の光彩を放つ両目を狐《きつね》のように細めてVの字を形作っている。どこか『ししっ！』っと笑いながら言っているようでもある。

宗像《むなかた》瀬奈。

暇な時によくこの部室に遊びにやってくる栞さんの親しい友人であり、笹葉さんの親友でもある。そして、僕と笹葉さんとの友好関係に溝が出来てしまうと少々僕にとっても都合が悪くなる理由でもある。

「ねえ、デートしようよ」

開口一番、美少女からのデートの誘い。本来ならばうれしくないわけがないと言ったところだが、あいにく僕だってそれほどバカではない。これはきっと何かの罠《わな》があるに違いないと咄嗟《とっさ》に判断するには十分すぎるほどに、これまでの僕の人生は女性からモテてなどいない。

「いや、ちょっと忙しいので……」

まるで興味が無いように本に視線を落とす。

「そんなことあるわけないでしょ！」

そう言って僕の文庫本を取り上げ、まだ栞《しおり》も挟んでいないのにぱたんと本を閉じる。

「あっ」

思わず声を出してしまう僕を瀬奈はジト目で見下しながら冷淡に言う。

「へえー、そうなんだ。ふーちん先輩から聞いたよー。昨日サラサとはデートしておきながら、アタシとデートするのは嫌なんだ。へー」

ふーちん先輩というのはおそらく喫茶店ダディの娘の福間先輩のことだろう。瀬奈と福間先輩は同じ調理科の生徒だ。

「あ、いや、あれはさ、そういう話じゃなくて……」

「しかも、ユウのオゴリだったんだって？　へー」

──そういうことか。ようやく話が見えた。

昨日僕が笹葉さんにサンドイッチをおごったという話を聞いた瀬奈は、自分にもおごれとせがんでいるのだ。しかも彼女は厄介なことに、その小さな体で普通の人の三倍は食べる。懐事情の乏しい僕からすればそれはあまりにもむごたらしい出来事だ。

しかし、ものは考えようである。世の中には女子高生とお話をするだけで高いお金を取るというサービスだってあるのだ。それに比べれば比類なき程の美少女とお話ししながら食事ができるのに、たかだかサンドイッチ代をケチるというのはまさに愚の骨頂である。

僕は美少女とのデートを快諾することにした。普段なら昼休みに昼食をとって放課後の時間は弁当を食べていたというのに、今日はもうその弁当は胃の中だ。育ち盛りの僕は少し小腹が減ってきたと言っても過言ではなかった。

しかしそういえば福間先輩は笹葉さんと一緒にいたことを黙っていてくれると言っていなかっただろうか？　いや、言ってないはずだ。きっと僕の勘違いだろう。

「ふーちん先輩、ちゃお！」

「ちゃ……ちゃお」

喫茶店ダディで店番をしている福間先輩は瀬奈の呼びかけにぎこちなく応えた。

カウンター席の隅に座りサンドイッチを注文する。福間先輩は注文を聞き終わると僕の耳元でそっと囁《ささや》く。

「二日連続で別々の、しかもとびきり美少女とデートとは、君もなかなか隅に置けないね」

「あ、いや、これは……」

言いかけて、やめておく。こういう時に言い訳をしても大概悪い方へと流れるものだ。

「パパー」という福間先輩の呼び声で奥から再び顔を出したマスターは、ぶすっとした表情でサンドイッチを手際よく作ってくれた。

ボリュームのすごさは相変わらずだ。昨日読んだライトノベルにもおそらくこのお店がモデルであろうサンドイッチ屋が登場する。たしかにボリュームがあるとは書かれていたものの、実際はその表現以上。男勝りなヒロインキャラが大口を開けてクラブサンドに食らいつくシーンが印象的ではあったものの、いくらなんでもこんなサイズのサンドイッチにそのまま食らいつくヒロインなんてありえないだろうとツッコみたくなるが……

隣でガリッ！　と食らいつく音！　まさか本当にこのサイズに丸ごと食らいつくヒロインなんてものが実在するとは思わなかった。

瀬奈は目の前に鎮座した巨大なフランス産ベーコンとレタスのクラブサンドを両手でつかみ、見事な大口で食らいついていた。瀬奈ははっきり言って小柄。福間先輩を目の前にすると大きくも見えるが、彼女はたかだか150センチあるかどうかという小柄な体格。そんな彼女が大口でクラブサンドに食らいつく様は『星の王子様』で大蛇のボアが象を丸《まる》呑《の》みにする姿を思い出させた。

僕は負けじと自分のクラブサンドに食らいついた……しかしそれを全て食べきることができなかった。まだ昼食を終えて間もない時間だからだと言い訳する僕の横から伸びてきた、瀬奈の小さな手。

「ねえ、ユウ。食べないんならそれももらってもいい？」

──まったく。とんでもないヒロインだ。

「さて、お腹《なか》も満たされたことだし、そろそろはじめよっか」

指先にこぼれおちたタルタルソースを舐めながら瀬奈が言う。

「始めるって、なにを？」

「撮影よ。さ・つ・え・い。今日ね、ふーちん先輩がね、お店のパンフレットを作るからアタシにモデルになってくれないかって言ってきたの。ほら、アタシってかわいいじゃない？　だから是非パンフレットに載せる写真のモデルになってほしいって」

「え、じゃあ、今日ここに来たのって？」

「サンドイッチ二人前で引き受けたのよ」

目を狐のように細めながらピースサインで答える。あるいはサンドイッチ〝二人前〟の意味かもしれない。

つまり、はじめからデートなんかでもなく、僕にサンドイッチをおごれなんていう意味でも何でもなかった。むしろ、僕はサンドイッチをおごられた方だ。いや、おごってくれたのは福間先輩か？

お店のパンフレットに使う写真の撮影はとても簡単なものだった。〝モデル〟とは言っても撮影に反射板や照明を使うでもなく、カメラも先輩のスマホのカメラ機能での撮影だ。まあ、個人経営の小さな喫茶店のパンフレットにそこまでお金をかけるわけにもいかないだろうけれども。

店の隅の方で瀬奈はにこにこと笑った顔であったりサンドイッチにかじりついた顔であったりをカメラに向けている。さらにはグラスを手に持った物憂げな顔で窓の外を眺めているという意味不明なものだったり、さらになぜか狐のお面までとりだして半分顔を隠して笑っているという写真まで。撮影は二十分ほどで終わったが退屈はしなかった。いろんなポーズでカメラに収まる瀬奈を見ているだけで飽きることはない。やっぱりかわいい。今撮っている写真をできれば全部僕のスマホにデータ転送してもらいたいほどだったが、やはりそんなことを先輩に言い出すほどの勇気はない。

撮影が終わり、喫茶店ダディを後にした瀬奈と二人で駅へと向かう。

僕と瀬奈は逆方向の電車に乗って帰るのでここでお別れだが、田舎の電車はそう簡単にやってこない。会話の間を持たせるために結局僕は昨日の出来事の一切を語ってしまった。戸部《とべ》先輩という人の依頼で、そのライトノベルの作者からサインをもらおうとしている事、そしておそらくその作者が福間香織先輩ではないかと考えている事。

「なあ瀬奈。その……福間先輩と仲が良いんだったら、瀬奈から頼んで彼女のサインをもらうことってできないものかな？」

「うーん、でもさ。本人が自分じゃないって言うんならそれは無理なんじゃないかな。それに……」

「それに？」

「それに、ふーちん先輩が作者だって証拠があるわけでもないでしょ？　ふーちん先輩、この間、現文赤点とって補習だったみたいだしさ、そんなんで小説なんて書けるのかなあ？」

そんな話の流れで、僕は昨日読んだライトノベルで抱いた疑問を瀬奈に話した。

「そういえば、さあ……そのラノベ、僕も読んだんだけどちょっと思うところがあったんだよな」

「なに？」

「うん……うまく言えないけれど、現役女子高生が書いたにしては、少しばかりきれいごとが過ぎるような気がするんだよな」

「キレイゴト？」

「なんていうか、女性キャラクターがかわいすぎるんだよ。登場する女性キャラクターがみんな都合が良すぎるほどに魅力的なキャラばかりなんだ。

女性が作者なら、普段の生活の中で女の嫌なところなんかもたくさん見ているからもう少しドロドロとした話を書きがちなんだけど、あのラノベに登場する女性キャラはみんな男の目から見てきれいなところだけを書いているように感じたんだ。まあ、ラノベなんてだいたいそんなものなんだろうけれど……」

「ねえ、それって、やっぱり作者はふーちん先輩じゃないってことなんじゃない？　そもそも覆面女子高生って、実は女でも何でもないって可能性もあるわよね？」

瀬奈はそう言って目を瞑《つぶ》り、平べったい胸の上で腕を組んでしばらく考え込む。

「あ！　そうか！」

瀬奈が思い立ったように目を開く。どこかで、〝チーン〟という音が鳴った気がする。

「アタシ、そのライトノベルの本当の作者がわかったかも！」

「本当の作者？」

「そう。アタシね、さっきからずっと気になってたんだ。その、戸部先輩って誰だろうって。多分、しおりんの知りあいってことは、演劇部の部長の〝平澤健吾《けんご》〟先輩のことだよね？」

「いや、そうじゃなくて、その人は戸部っていう……え？　平澤だって？」

「そう。その戸部っていう先輩、今は平澤健吾っていうんだよ」

「今は？」

「うん、なんかね、去年両親が離婚したらしくって、今は母親の旧姓の平澤になっているらしいんだけど、みんなずっと〝とべっち〟って呼んでるから、今更呼び名が変わっていないだけなんだよ」

「まったく。先輩の名前が戸部だったのか、戸部ではなかったのか。それが問題だったとは考えもしなかった。しかし、瀬奈はよく、そんなこと知ってるな」

「まあね、アタシ、こう見えても顔広いんだよ。意外と情報通でしょ」

「うん、素直にすごい」

「でね。つまりはこういうこと。

その、ライトノベル作家〝平澤かおり〟の正体は、平澤健吾先輩。そして、言うまでもなく先輩が好きなのはふーちん先輩。ペンネームの〝平澤かおり〟は平澤先輩がふーちん先輩と結婚した場合の名前。

つまりさ、ユウは実際の作者からの依頼を受けて、ふーちん先輩に自分の書いたライトノベルを読んでもらうきっかけをつくるために利用された。その本を読んで、その著者名を見れば平澤先輩がふーちん先輩を好きだということが一目瞭然。まったく。意気地のない男の茶番に付き合わされたってことなんだよ。ユウは……」

——なるほど。確かにそれはおもしろい考察の一つではある。乙女の想《おも》い描くピンク色の妄想として、それはなかなかよくできた話なのかもしれない。でも……

「それでも、僕はそれは違うと思う。瀬奈はそのライトノベルを読んでいないからそう思うんだろうけれど、あのライトノベルは結構エッチな描写がたくさんあるんだ。あれを、好きな女の子に読ませることでラブレター代わりにしようっていうのならば、それはまた随分とお粗末な告白になると思う。間違いなく、嫌われるね」

「うーん、そうなのかあ。アタシもそれ、一回読んでみようかな？」

「おすすめは……できないけれどね」

とか、なんとかいっても、笹葉さんはおそらく読んでいるわけだし、実際あの程度のエロ描写ではイマドキの女子高生はなんとも思わないのかもしれない。巷《ちまた》に出回っている腐女子たちの嗜好《しこう》品はあんなレベルでは済まされないのだから。

それに、今の話で僕にも、この物語の真犯人の目星がついた。

それは、意外とすぐ近くに潜んでいたのだ。

瀬奈の乗る、西行きの電車が到着する。

彼女は立ち上がり、電車に乗り、閉じた車窓の内側から僕に向かって手を振る。

声は聞こえないが、〝またあした、バイバイ〟と言っているのがわかる。目を細めて、まるで狐《きつね》のように笑いながら『ししっ！』と言っているようにも見える。

無論。そんなことは口に出してはいないのだろうけれど。


翌日三限目が終わり、次の四限目が終われば昼休みになるという時間、僕は密《ひそ》かに学校を抜け出した。四限目はサボタージュする予定だ。

向かった先は駅前の喫茶店、ダディ。昼前ということもあり、店内にお客さんは僕以外誰一人としていなかった。ちょうど都合がいい。そろそろこの物語も幕引きをしなくてはならない頃あいだ。

カウンター席に座った僕のところに、中年オヤジのマスターがやってくる。

「よう色男。すっかり常連だな」

まったく。どう足掻《あが》いたところで、なるべく贔屓目《ひいきめ》に考えたところでようやく平均点にたどり着くかどうかというレベルの僕に対し色男と呼ぶのはどうかと思うが、まあ、それも仕方がないだろう。なにしろ昨日、一昨日《おととい》と連続で目を見張るような美少女を連れてこの店を訪れた僕だ。そういう解釈も不思議ではないし、マスターにすっかり顔を覚えられてしまったのも仕方がないことだ。

「お前、まだ授業中の時間だろ？　サボりか？」

「いや、まあ……なんていうんですかね。青春には、勉強よりもかえがたい大事な時間ってやつがあるものでしょう？」

「まったく下らんこと言うガキだな。くれぐれもうちの娘には近づくんじゃないぞ」

冗談交じりの侮蔑を僕に放つマスターに、アイスコーヒーと持ち帰り用のサンドイッチを注文する。手早く出されたアイスコーヒーを黙って飲んでいるあいだ、手馴《てな》れたマスターは手際よくクラブサンドをつくって僕に渡す。

「あと、それと……」

僕は追加の注文をするかのように、鞄《かばん》から一冊のライトノベルを取り出す。タイトルは『あやかし学園の事件手帖《てちょう》』。

「これに、サインを書いてもらえませんか？」

「はあ？　サインだと？　お前、男のくせにおっさんのサインが欲しいのか？」

マスターが笑いながら言う。

「いや、そういうわけじゃないですよ。なにせ、僕が欲しいのは覆面現役女子高生作家のサインなわけですから」

僕の目は、めずらしくマジだ。当然マスターも、それにこたえて鋭い眼光で僕を睨《にら》み付ける。

「いつから気づいていた?」

「そんなのもちろん。初めからですよ」

もちろん嘘《うそ》だ。きのうの瀬奈との会話が無ければ、僕は未《いま》だに『平澤かおり』の正体は福間香織だと思っていたかもしれない。

「……お前はおっさんのサインが欲しいのか?」

「欲しがっているのは僕じゃありません。僕は、ある人物に依頼を受けてやっているだけです」

「ふーん、そうか。だが、その依頼主ってのは〝平澤かおり〟がおっさんだということは知らんだろう」

「黙っておけばわからないでしょう?」

「教えないのか?」

「そりゃあね、教えない方がいいでしょう? 世の中、知らないことがある方が面白いと誰かが言っていました」

「チッ、しょうがねえなあ。なあ、何でオレだと気づいた？」

「そうですね……まずは文章の書き方ですかね。この文章は女性が書くにはあまりにもきれいごとすぎる。この世に邪知奸佞《じゃちかんねい》が存在しないと信じている。いや、存在しないと信じようとしている文章ですね。女性作家はもっと生々しくグロテスクに書くんですよ」

「まいったな。そりゃあオレの力不足だとしか言いようがないな」

「そんなこともないですよ。読んでいてとても面白かったし、感動もしました。このストーリーであまりにも生々しいエロさやグロさは男性読者だと逆に引いてしまいます」

「でも、それだけではないんだろう？」

「そうですね。まず一つ目として僕たちの学校に看護科なんて存在しない。けれど、調べてみれば何年か前までは確かに看護科があったらしいんです。

それと一番に気になったことといえば、あの物語に登場する学校の校舎、三棟あると書かれているんです。一番奥が一番古くて手前に行くほど新しい校舎だと書かれていました。でも実際の、僕たちの通う芸文館には四つの棟があります。同じように手前に行くほどに新しくなる棟が三つ。それともう一つ、学食よりもさらに上にある、今は使われていない旧校舎。僕は初め、この旧校舎のことは無視したんだと思っていました。実際あの学校の生徒のほとんどにとって無縁の存在です。生徒の中には旧校舎の存在すら知らない者だっているくらいです。

事実とフィクションとは別だということはもちろんわかります。なにもすべてを正直に書く必要なんてない。ですが、このラノベ、ホラーミステリなんですよ。ホラーミステリを書くにもかかわらず、あの旧校舎の存在を無かったことにするなんてあまりにももったいない。僕はそう思ったんです。あの旧校舎は実際、少し前には幽霊騒動まであったんです」

「いったい何のことを言ってるんだ？」

「わからないですよね？　わからないと思います。いったい僕が何の話をしているのか。僕は今日一日、ラノベの文章を読みながら校内を歩き回ってみました。そしたらわかりました。ちゃんとあの旧校舎は書かれていたんですね」

「だから、何の話なんだ？」

「このラノベに書かれていないのは今、僕が使っている教室のある、新校舎だったんです。さっき学校の資料室で調べていてわかりました。あの新校舎が建てられたのは今から二十年前、つまりマスターが在学時には存在していなかったんですよ。それに旧校舎も現役で教室として使われていた。マスターはその昔、自分が在学していたころの思い出をもとにあの小説を書いた。だから校舎は全部で三つ、これで間違っていない。現役で使われている校舎には幽霊のうわさなんて立ちやしないだろう。

ああ、あとちなみに資料室からマスターの卒業写真もちゃんと発見しておきました。

――これでＱＥＤ．」

「おい、お前最初っから気づいていたなんて言ってたが、今の話だと気づいたのは昨日今日のことじゃねえか」

「ああ、もう、そんな細かいことといちいち思い出さなくていいです。でも、僕が聞きたいのは、なぜ、マスターは現役女子高生作家なんて騙《かた》ったのか？　ということなんです。もちろん、あまり言いたいことではないのだろうとは思います。だけど僕もそれほど善人じゃないのではっきり言わせてもらいますと……『このことは黙っておいてやるから真実を教えろ』と、いったところですかね」

「チッ、クソガキが……。いいだろう、教えてやるよ。オレはな、その昔国語の教師をしていた。そのころに書いた小説がきっかけで一度文壇に立ったことがあるんだ。

だがな、所詮は付け焼刃。二作目以降まともな作品を書くことができず、しばらくゴーストライターの仕事をやっていた」

「ゴーストライター？」

「ああ、そうだ。主にアイドルやら芸能人の代わりにエッセイや自伝小説を書いていた。

もちろん本人のふりをしてな。時には政治家や会社の社長の成功哲学なんてのも書いていた。本人にいろいろインタビューして、本人が言いそうなことをわざわざ考えて書いてやるんだ。頭の悪いアイドルなんかの時にはわざと言葉の使い方を間違えて書いていたからな」

「大変そうな仕事ですね」

「ああ、つらいもんさ。印税だって大体3：7くらいだ。もちろんこっちが3。相手は家で寝ているだけで7だからな。まあ、しかしそういうもんさ。その人の名前が無けりゃあオレがいくらエッセイなんて書いたところでその三割だって売れることはないだろうしな」

「むしろこっちが名前をお借りしているといったところか……」

「特にあれだな、有名占い師の代わりに雑誌の占いコーナーを書いていたこともある。俺の占いは当たると評判だったんだぜ。何せいい加減な占い師とは違って、オレはちゃんと誰が読んでも自分の占いが当たっていると錯覚できるように気を遣って書いていたんだ。その内容を月ごとに入れ替えていく。占いなんてのはみんな自分の誕生月のところしか読んでいないからな、先週ほかの人にあてて書いたものを丸々写しても誰も気づかん」

「そりゃあ傑作ですね」

「ああ、オレはゴーストライターとしてはなかなかセンスがあるようでな。ところが肝心な自分の書く小説はというとこれがまったくのダメダメらしい。編集部はろくに取り扱ってもくれない。しかもオレは聞いちまったんだよ。編集部のやつらがオレのことを『アイツはもうだめだな。賞味期限が切れている。今更引っ張ってやってもあの年じゃあ将来性がない』って話をしているのをよ。それでよ、オレは考えてみたんだ。オレの得意分野はゴーストライターだ。だったら当時十五歳だった娘のゴーストライターとして小説を書いてやろうってな」

「それを新人賞に送ったと？」

「ああ、笑っちまうだろ。見事に受賞したよ。それが実力だったのか、それとも現役女子高生が書いたということが加点評価されたのかはわからねえ。だが、少なくともオレは受賞は辞退しようと思っていた。あの編集部のやつらにオレはまだ賞味期限が切れていないって言ってやれればそれでいいと思っていたんだ」

「じゃあ、なぜ？」

「まったくの取り越し苦労だったのかもな。編集部のやつらは現役女子高生の正体がオレだとわかって怒るどころか馬鹿笑いしていた。『もういい、このまま覆面女子高生作家で行こう』って話で落ち着いた。それが現状だ。だが、オレのゴーストぶりもそろそろ焼きが回ったかな。こんな一介の高校生に見破られるようじゃあな」

「まあ、誰が書いたところで作品は作品なんだし、べつに作者が本当はおっさんだからって大した問題じゃあないと思うんだけどな」

「だがな、世の中はそうはいかねえんだよ。何を書くかじゃなく、誰が書くかということはそれなりに重要なことなんだよ」

「そのために人は仮面をつける。か……」

「なあ、お前。ペンネームってそもそもが仮面みたいなもんだと思わねえか？」

「僕はいろんな仮面をつけて生きているけど、ペンネームという仮面はまだつけていないからなあ、そこは何とも言えないですね」

「作家ってのはなあ、大体のやつがペンネームで書いているんだ。そうやって自分とは別人の仮面をつけるからこそ自分の気持ちに正直な文章が書けるんだ」

「あ、でもちょっといいですか？」

「なんだ？」

「自分の気持ちを正直に書くためのペンネームなら、むしろペンネームの方が素顔に近いっていうことにならないかな」

「なるほどな。たしかにそうかもしれないな。世の中で普通に生きるにはなにがしかの仮面が必要なのだろうな」

ひととおりの話を終えると、マスターはサインペンを取り出し、ラノベの表紙一ページをめくった。

「あ、『とべっちへ』でお願いします」

「チッ、めんどくせえな」

思わず笑いがこみあげてくる。

——とべっちへ
平澤かおり——

また、いいおっさんが可愛《かわい》らしい字体でサインを書くものだと感心した。さすがはゴーストライターといったところか。

目的を果たしたラノベを鞄《かばん》にしまい、席を立ちあがった。

「あ、最後にひとつだけ聞いていいですか？」

「なんだ？」

「まさかいまさら娘だなんて答えは聞きたくありません。あの主人公のモデルは誰ですか？　平澤かおりの名前の由来は？」

「質問はひとつじゃなかったのか？」

「回答はひとつかと思って」

「ひとつだ。〝平澤かおり〟はオレの初恋の人の名前だ」

「娘の名前を決めたのは父親？」

「質問はひとつだけだと言ったろ？」

「そうでした。しくじりましたね……それではまた。今日はどうもごちそうさまです」


それから学校に戻ったのはちょうど午前の授業が終わり昼休みになったころ。そろそろ、エピローグに移る頃合いだ。

まずは大我の席へ向かう。今まさにどこかで買ってきたであろうパンを取り出してかじろうとしているところだった。

「大我、今からメシか？」

「ああ、授業をサボってどこに行ってたんだ？」

「ちょっとこれを買いにね」喫茶店ダディで買ってきたサンドイッチの袋を差し出す。

「差し入れだよ。まあ、ちょっとばかし有名なお店のサンドイッチだ。実は、これを買いに行くために四限目をさぼった」

「そんなにうまいのか？」

「まあ、それはどうだか知らないけれど……これをやるから、少し頼まれごとをしてくれないかな」

「俺に、できることか？」

「大我にしかできないことだよ。これを持ってさ、文芸部の部室へ行ってくれないか？」

「漫画研究部。だろ？」

「そんなことはどうでもいい。そこには多分ボッチめしをしている生徒がいるだろうから行って相伴してくれないかな？」

——さすがに、ここまで言って事の次第を理解できないほどに僕の友人はアホではない。

「……ああ、すまないな」

サンドイッチを受け取る大我。

「いいか、大我。その子にちゃんと『あーん』してやるんだぞ」

「マジか？」

「マジだ。絶対それを望んでいる」

「わかった。俺に任せておけ」

勇ましく立ち去る大我を見送った僕には最後にもうひとつ、やっておかなければならないことがある。

こっそりとひとりで教室を抜け出そうとしている美少女を呼び止める。

「笹葉さん。よかったらお昼、一緒に学食に行かない？」

「え、あ……」

警戒しながらあたりを見回す。

「大我は用事があるらしくあいにく僕一人なんだ。さすがに一人で飯を食うのはさみしいから、僕を助けると思って付き合ってくれないかな？」

「あ、え、えっと……」

それでも少し戸惑う笹葉さん。こんなことでフラれたりしないようにちゃんとフォローを入れておく。

「この間の覆面作家の件、ようやく決着がついた。それで、その事の報告もしたいしさ」

「え、あ、じゃあ……うん……」

上手《うま》く美少女とのランチタイムの約束を取り付けた。とか言いながら、笹葉さんとはおとといも本当に二人きりでランチをしたのだけれども……

一般的な学食に比べて、はるかに見栄えのする、それこそそれなりのレストランのようなたたずまいの学食に入り、調理科のコック服姿のスタッフに案内されてテーブルに着く。

この学校には調理科という科がある。言うまでもなく将来的にコックになることを目指す生徒の通う科だ。調理科の生徒は昼休みにあたるこの時間、授業の一環としてこの学食の調理やサービスを行い、運営をするという仕組みになっている。

「ご注文は何になさいますか？」

ややふてくされた様子の調理科の生徒がコック服姿で注文を聞きに来る。

まったく。態度の悪いスタッフがいるものだ。後でクレームを入れておいてやることにしよう。

「ち、違うのよ瀬奈。こ、これには理由があって……」

笹葉さんが、必死に調理科の給仕係に言い訳をしようとしている。

「笹葉さん。別に誰も疑ってもいないし誤解もしていないんだから、そんなに言い訳するとかえって怪しくなるから。別に、前から僕たちはこうして一緒に昼食をとっていたわけだし……ただ、今日は大我がいない、それだけだよ」

「そうよ。別にサラサが言い訳する必要なんてないのよ」

給仕係が、やや不機嫌そうに言う。

僕たちは日替わりメニューのパスタを二人前注文して、それからことの顚末《てんまつ》を全て話した。

喫茶店ダディのマスターには「誰にも言わない」と言ったばかりだが、元より嘘《うそ》つきな僕はそんな約束を気にすることもなく、ラノベ作家の正体が喫茶店ダディのマスターであることまで全て話した。

「つまりはゴーストライターだったというわけね……」

「なに？　幽霊が書いていたの？」

笹葉さんの言葉に、いつの間にか僕たちのテーブルのすぐ横に立っていた瀬奈が言った。仕事をそっちのけで僕たちの会話を盗み聞きしながら、いてもたってもいられなくなったらしい。

「いいのいいの、今日はもうだいたい終わっちゃったし、休憩中なのよ」

聞いてもいない言い訳をする。仕方なしに話を続ける。

「瀬奈、そんなわけないだろ。死んだ人間は何もできないよ。ゴーストライターっていうのは別の人が書いたっていうことだ。ほら、シェイクスピアの戯曲は実は別人が書いたんじゃないかって話もあるだろ」

「あ！　それならアタシ知ってるよ。たしか、フランス産のベーコンだよね？」

「……たぶんそれはフランシス・ベーコンじゃないかな」笹葉さんが適切なツッコミを入れる。「貴族でも何でもないシェイクスピアが貴族の生活を事細かく描いたり、海外での出来事を正確に描けるのはその作者が実は貴族だったり、外交官だったりするからなんじゃないかという説がいろいろあるのよ。でもまあ、結局のところ誰が書いたかでその作品の価値が決まるわけじゃあないけれど」

「そうだな。たとえシェイクスピアの正体が誰であろうと、シェイクスピアの作品群はどれもずば抜けて素晴らしいものばかりだ。その作品価値は作者の年齢だとか、生い立ちによって左右されるものではない。まあ、現代においてそれが不変の事実かはさておきね」

僕からの報告は以上だったが、乙女が二人いれば話はそれでは終わらない。

「ねえ、それはそうとしてやっぱりとべっちさんがふーちん先輩を好きなことには変わりないでしょ。もしかしてこれから先、二人が結婚して本当に『平澤かおり』が誕生するかもしれないのよね？」

「え、もしそうなったら親子そろって平澤かおりになるってことかしら？　たしか戸部先輩のお母さんの名前って平澤かおりっていうのでしょ？」

「え、そうなの？　じゃあさ、もし二人が将来結婚したら、戸部先輩の母親も合わせて三人の平澤かおりが誕生するってこと？」

「いや、ちょっと待って……マスターの初恋の人の名前が平澤かおりってことは、もしかしてマスターの初恋の相手ってとべっちさんのお母さんなんじゃない？　たしか今は二人とも離婚しているはず。ひょっとするとこれから先に再会してそのまま再婚ってこともありうるんじゃないかしら？　そうしたら平澤かおりと平澤かおりが結婚してとべっちさんとふーちん先輩が兄妹《きょうだい》になるけどその後さらに結婚してやっぱり平澤かおりがもう一人増えて……」

「そうなると大変ね。おとうさんが作家の『平澤かおり』で、その奥さんが旧姓平澤かおり。息子が平澤健吾でその妻がふーちん先輩で平澤香織？」

「いったいどんな家族だよ。ややこしいったらないな。それにしても笹葉さんも瀬奈も、いくらなんでも妄想が暴走しすぎじゃないか？　まったく。桃色の脳細胞を働かせすぎだよ」

「あら、乙女はいつでもロマンチストなのよ」

「まったく。結局みんなロマンチストなんだろうな……男も女も……」

僕はそんなことを呟《つぶや》きながら窓の向こうの景色を眺め……ようとしたところで渦中の人物、平澤……いや、福間香織先輩と視線がぶつかった。チワワのような愛らしい視線……

ではなく少しばかり怒っているようにも見える。

「こらっ！　瀬奈ちー。またこんなところで油売ってる！　忙しいんだからサボってないでちゃんと働きなさいよね！」

「あ、ご、ごめんなさい～」

慌てて仕事に戻る瀬奈。それを見てくすりと笑う笹葉さん。少しは、元気になってくれただろうか。笹葉さんには、早く大我のことなんか忘れてもらって素直に笑えるようになってほしい。

でないと、僕が想《おも》いを寄せる笹葉さんの親友のこともあるし、さらに僕は笹葉さんを捨てた黒崎大我という全女子生徒の敵である男の恋のキューピッド役を買って出ようとしているのだ。その事で笹葉さんに後ろめたささを感じるのはごめんだ。

放課後になって、僕は旧校舎の部室へと向かった。とべっち先輩に約束していたサイン入りラノベを渡すためにそこに来るように言っておいた。

教室には、めずらしく栞先輩はまだ来ていなかった。あるいは彼女のことだ。あえてこの場に来るのを遅らせているという可能性もある。

しばらくたってもやはり栞さんはやってこない。彼女のクラス、二年の美術科クラスの教室はこのすぐ近くで、僕の一年の特進コースはここから最も遠いところにある。そのためいつも栞さんが先に来ているので、この教室に僕がひとりっきりだというのは珍しい。

そして、なんだか少しだけ淋《さび》しくもある。

ガラッ。と、入り口の引き戸が開けられる音がした。

「あ、栞さ……」

「あ、いや……ごめん」

決してとべっち先輩に非はないにもかかわらず、なぜか彼は後輩の僕に向かって頭を下げた。

早速僕は鞄《かばん》から著者のサイン入りのライトノベルを取り出した。

「すいません。これ、頼まれていたものです」

「あ、そ、そうか……ありがとう」

とべっち先輩は控えめな礼を一つして受け取る。もう少し喜んでもらえるのではないかと期待していたせいで、少し残念な気持ちになる。

「すいません。作者の方に、誰にも正体は明かさないでくれっていう条件でサインをもらいました。ですので、証拠はないのですが、そのサインはまぎれもなく作者本人のものですから」

なんて、瀬奈や笹葉さんには何の躊躇《ちゅうちょ》もなくばらしてしまった作者の正体を、あえて本人に伝えなかったのは、その正体を知ってとべっち先輩が落胆しなくてもすむようにだ。現役覆面女子高生作家が、実は中年の男であるだなんて知りたくもない事実だ。

しかし、とべっち先輩はそんな僕にニヒルな笑いをうかべて答える。

「いいんだ。いいんだよ……。実はね、ボクはこの『平澤かおり』というペンネームを持つ作家の正体を知ってしまったんだ」

少し、諭すような優しい目つきで僕の方を見る。

「そう……ですか……」

「正直、ちょっとだけショックだったかな」

「すいません……」

「いいんだよ。実はね、ボクが初めてそのペンネームを発見した時、驚いてすぐに買ってしまったんだよ。なにせ母親と同じ名前なんだ。でも、するとどうだろう。その物語は明らかにこの学校が舞台になっていて、福間さんの家らしきサンドイッチ屋まで登場するんだ。

ボクは有頂天になった。きっとこのライトノベルの作者、『平澤かおり』の正体は福間さんで間違いが無く、あえてそのペンネームを本名の福間ではなく、平澤としたのは……

彼女が、ボクのことを好きだからに違いない……そう思ったんだよ」

とべっち先輩はゆっくりと窓のそばにより、窓を開けて外を眺める。まだ暑さを含む風が教室に流れ込む。

「でもさ……自分からそんなこと、彼女に問いただせないじゃない？　だからボクは葵さんを利用しようと考えたんだ。全部僕の勝手な思い込みだなんてまるで気づかずに……そしたら、小説のことなら君の方が詳しいからって、葵さんから君を紹介された。

勘の鋭い葵さんのことだ。そんなボクの企《たくら》みなんてすべてお見通しだったのかもしれないね。それであえてボクに君を紹介した。まったく。笑い話にもならないね」

「まったくです。作者が、本当は男だなんて、知りたくもなかったでしょう？」

「でも、まあいいさ。きっかけはともかく、ボクはこのライトノベルを読んで本当におもしろい話だと思ったんだよ。だから純粋にこの本のファンになったし、サインもうれしいと思っている。だから君も、そんなに遠慮なんかせず、ぜひ次回も面白い作品を書いてくれ」

「あ、はい……」

——場の流れでつい返事をしてしまったが、なにかがおかしい。

頭の上に疑問符が浮かぶ僕の目の前で、とべっち先輩はスマホを取り出して操作する。

表示された画面を僕に見せる。そこには、

〝今話題の覆面現役女子高生作家『平澤かおり』の素顔写真流出！〟

そんな見出しのついたページには、見覚えのある写真が添付されている。

衝撃的な見出しに添えられたのは中年のおっさんの写真なんかではない。間違いなく美人の女子高生が目を狐《きつね》のように細めて笑っている。顔のほとんどは添えられた狐のお面で隠されているが、それが誰だかわからないはずがない。目を狐のように細めている。どこか『ししっ！』と笑っているようだ。忘れもしない、瀬奈が二人分のサンドイッチと引き換えに引き受けたお店の広告用の写真。

「ボクにだって、この写真の彼女が平澤かおりの正体だなんて、ただのフェイクだってことくらい簡単に見抜けるさ。彼女、いつも君と一緒にいる子だよね。そして君は、随分と小説に詳しいときている」

「あ、いや……」

どうやらとべっち先輩は平澤かおりの正体が僕なのだと勘違いしているらしい。僕は慌ててそれを否定しようとした。――が、

「すいません。騙《だま》すつもりはなかったんです……」

「いいよ。気にしていない」

真実は教えないことにした。

きっとその方がとべっち先輩のためにもなるし、あの喫茶店のマスターのためにもなる。

だからあえて僕は、『現役美人覆面女子高生作家』の仮面をかぶることにした。

もともと、普段からいろんな仮面を使い分けている身だ。そんな新たな仮面が増えるのも悪い気はしない。

そもそも、どんな仮面もつけることなく正々堂々と生きているやつなんて果たしているだろうか。

こう見られたい自分。隠したい自分。さまざまな仮面をつけて人は生きている。

ガラッ！　と、入り口の引き戸の開く音がする。

「ちゃーお」

と元気な声が響く。

「あれ？　今日しおりんいないね？　まあいっか。ユウがいるし！」

天真爛漫《てんしんらんまん》に笑う瀬奈。

彼女は、彼女だけは仮面なんてものを必要としていないのかもしれない。いつでも自分の心に正直に生きている。だからこそ、多くの仮面を使い分けている僕が惹《ひ》かれてしまうのかもしれない……なんて、実は彼女こそがものすごい仮面をつけて生きる人物で、僕なんかには到底見破ることができないだけなのかもしれない。

# 『リア王』（シェイクスピア著）を読んで　竹久優真

『リア王』は、かのシェイクスピアの『ハムレット』『オセロー』『マクベス』と並ぶ、四大悲劇の一つだ。

年老いた老王リアは自分の三人の娘を呼び、それぞれに自分を褒めちぎらせ、それに応じた遺産を分与するとして、父への気持ちを語らせる。上の二人の娘は王を褒めちぎるが、本来一番かわいがっていたはずの下の娘はあまり上手に褒めることができない。そのことに怒ったリアは一番下の娘を追放し、上の二人に国を相続させた。しかし相続を終えた二人の姉は父であるリアに冷たく当たる。

ひとり行き場を無くしたリア王は荒野の雨に打たれ気がくるってしまい、そんなリア王を救うべくして訪れた末娘のコーデリアもとらえられてしまう。そして牢《ろう》の中リア王とコーデリアは悲劇的な末路を迎える。親子の絆《きずな》と老齢の悲哀を語る物語だ。

正直僕はイマイチこの話が理解しがたい。僕はまだ十六になったばかりの高校一年生で、老齢でなければ娘もいないし結婚もしていない。それどころか恋人だっていないのだ。

僕にあるのは友人ぐらいなものだ。しかもとびっきりの美男子で成績も優秀、スポーツ万能で気が利く男だ。まさにリア充のなかのリア充、キングオブリア充。僕はこいつのことをひそかに『リア王』と呼んでいる。


九月になったというのに相変わらず続く猛暑日。何をもって夏が終わったというのかはわからないが、夏に起きた事件を引きずる僕たちにとって夏が終わったとは言い難い。それでも、夏の課題を残したままでも八月は繰り返されることなく終わりを告げて、九月を迎えた僕たちには残暑を乗り越える必要があるらしい。

人間は本来気温二十二度が適温らしく、暑いのが得意だとか苦手だとかにかかわらず気温が一度上昇するたびにパフォーマンスが２パーセント下がるらしい。現代文のテストで七十点というふがいない点を取ってしまった僕は教科担任の真理《まり》先生に「適温であれば百点取れていたはずだ」と主張してみたが、どうやらテストの時にはエアコンがちゃんとついていたらしく、それが僕の実力なのだと論破されてしまった。

確かに僕たちの教室がある新校舎にエアコンはついているが、部室のある旧校舎には当然エアコンがない。丘の上で少しばかり風通しが良いのだからそれで妥協するしかないとはいえやはりいくらなんでも暑すぎるようだ。

まるで幽霊屋敷のような旧校舎の軋《きし》む廊下を歩いた先にある、『文芸部』の表札のかかった教室。そこが僕たち漫画研究部の部室だ。僕はこのまぎらわしい表札のせいで間違って入部することになった。管理のずさんな生徒会が表札を取り換えていないということらしい。

部室には瀬奈《せな》が一人でいた。最近栞《しおり》さんはここへ来るのが少し遅いらしい。僕の教室からはこの旧校舎は一番遠いので、必然的に僕の到着は遅れる。

瀬奈はどの部にも所属していない。漫画研究部の部員ではないが、栞さんとも仲がいいため暇つぶしを兼ね頻繁にこの部室に出入りしている。まあ、機会があれば入部させるということもあるかもしれない。

たぶん僕の到着に気づいていないわけではないだろうけれど、特に気にする様子もなく鼻歌を口ずさんでいる。耳にはイヤホンが挿さっていてコードが鞄《かばん》へと伸びている。音楽でも聴いているのだろう。邪魔をしないように目で軽く挨拶をすると「こっちこっち」と手招きをした。

「これ、フラッパーズの新曲だよ」

と言いながら片方のイヤホンをはずして差し出す。僕は普段ワイヤレスイヤホンを使っているので、それを使えば瀬奈から片方を借りる必要はないのだが……あえてそのことは言わないでおくことにした。

瀬奈の隣に座りイヤホンを耳にあてる。彼女は気を遣って椅子を寄せ、寄り添うように近づいてくる。夏服からむき出しの肘が触れる。

エアコンのない教室は暑い。ネクタイを緩め胸元から風を取り込む。

正直なところそのフラッパーズなんていうアーティストは知らないし、別段興味を惹かれるような音楽でもなかったけれど、できればずっとこの曲を聴いていたいと思う。

——が、なかなかそうはいかないものである。

「あー、これはちょっと邪魔しちゃったのかな？」

厭味《いやみ》ったらしく僕らの前に姿を現したのはわが漫画研究部部長の葵《あおい》栞さんだ。

「いや、別にそんなことはないですよ」

特に気にしているつもりもない素振りでイヤホンをはずす。

「そういえばせなちー、さっき友達、笹葉《ささば》さんだっけ？　せなちーのことを探してたみたいだよ」

「あ、そーなんだ。じゃあアタシ、ちょっと行ってくるね」

瀬奈はそのまま部室を飛び出す。

瀬奈のいなくなった教室で僕から少し離れたところに座った栞さんが鞄から描きかけの漫画の原稿を取り出す。あえて栞さんには視線を向けないように聞いてみる。

「笹葉さんが呼んでいたのって嘘《うそ》ですよね？　笹葉さんは放課後学園祭の実行委員で忙しいはず」

「そうだよ。あーしが言ったのは嘘だよ。君たちがあまりにも暑苦しいから追い払っただけだよ」

「うわー、嫉妬ですか？　そんな嫉妬をするくらいなら栞さんもひとつ恋人でも作ってみてはどうですか？　僕の青春の一ページを邪魔しておいてまったく反省の色がない」

「いやいや、反省どころかむしろ感謝してもらいたいね。いいかい？　君たちは片方ずつのイヤホンから同じ曲を聞いたつもりになっているかもしれないけれど、イヤホンは左右違う音が出ているんだ。つまり君たちはずっとすれ違い続けていたという訳だよ。それが大惨事に至る前に助けてあげたというのに……。大体さ、そんなことしなくてもたけぴーはワイヤレスイヤホンを持っているだろ？　なぜそれを使わないんだい？」

——それを言われると、返す言葉はない。

「ところでさ、たけぴー」栞さんが追い打ちをかけてくる。「最近我が部室にやたらと部外者が乱入しているようなんだけど」

「瀬奈のことですね。何をいまさら言っているんですか」

わかっていてわざと白を切る。

「せなちーのことじゃない、昼休みにさ。どこぞの部外者がここにやってきて昼ご飯を食べているんだよ」

「いや、彼は部外者なんかじゃなくれっきとした漫画研究部員じゃないですか」

「あーしはまだ入部を認めてないいんだけどね」

「そんなことを言っていたら我が部は人員不足で廃部になってしまいます。さっさと正式に入部させましょう」

「とかなんとかいって、あのイケメン君をこの部室に押しやってその隙にたけぴーがあの美人の彼女を寝取ろうって魂胆なんじゃないのかい？　せなちーが言ってたよ。最近昼休み、いつも彼女とふたりっきりで学食に行っているって」

「……笹葉さんとは、元々クラスメイトだし友達です。それにあの二人、もう別れたので彼女でも何でもないですから」

「じゃあなにかい？　もうすでに寝取り済みってことかい？」

「友達ですよ。あくまでも友達……瀬奈に、余計なこと言わないでくださいよ」

「別に言いやしないさ。放っておく方が面白そうだからね」

問いただそうとしたところでちょうど邪魔が入った。部室の引き戸を開けて入ってきた人物は僕も知っている人だった。

少しおとなしそうな雰囲気の男子生徒。赤いネクタイは三年生だという証《あかし》。手に提げている買い物袋には大量のおやつが入っている。きっとこれは相変わらずの依頼料ということなのだろう。つまり、この人は再びこの部室に厄介事を持ち込んだというわけだ。

「なんだ、とべっちか、今度は何の用？」

とべっち先輩は三年の演劇部部長。一年前に両親が離婚して現在は母方の姓を名乗り平《ひら》澤健吾《さわけんご》となっているが、周りは以前の戸部《とべ》のまま呼んでいる。

そして三年の先輩に対しタメ口の二年生葵栞という後輩に、敬語で話す戸部先輩。

「そ、そのう……力を貸してほしいんだ」

とべっち先輩の依頼をまとめると、つまりはこういうことになる。

現在演劇部にはちょっとしたトラブルが発生し、部員のほとんどがボイコットをしてしまった状態らしい。その責任はおおよそ部長であるとべっち先輩の過失によるものらしいのだが、部員の多くがボイコットしているこの状態では到底今月末の学園祭、芸翔祭《げいしょうさい》での公演ができそうにないのだという。

たかだか学園祭の出し物くらいやらなければいいじゃないかなんてことは言ってはいけない。

少なくとも青春時代を演劇に捧《ささ》げている演劇部にとっては一世一代の晴れ舞台だと言っても過言ではない。ましてや三年生ともなると夏休み中に行われた全国高等学校演劇大会を終えたことにより、人前で演劇を披露するのはおそらくこれが最後の機会となる。

「で、とべっちはあーしたちに一体何をしてほしいというんだい？」

「つまりはその……一緒に舞台に立ってほしいんだ。演劇部のピンチヒッターとして一緒に劇をやってほしい」

「えっ？」

思わず声を上げたのは僕の方だった。いくらなんでもそれはお門違いというものだ。人前に立って演劇をやるなんて僕たち文芸部（本当は漫画研究部）からしてみればもっとも縁の遠いイベントだ。どう考えたってそんな依頼を受けるはずが――

「ああ、いいよ」

――と、栞さんは二つ返事で請け負ってしまう。

「ちょ、ちょっと待ってください。そんなのできるわけないじゃないですか」

「できるかできないかは問題じゃない。あーしはお願いされれば断れない女なんだよ。だからたけぴーもしたくなったときはいつでもあーしに言ってくれたらいいよ」

「あー、はいそーですね」

一度本気で言ってみようかとさえ思う。そんなことをしたら栞さんはどんな顔をするだろうか？　いや、それを言った時の大我《たいが》の顔を想像するほうが興味深い。

「まあ、そもそもあーしたちが引き受けなければどのみち演劇はできないわけだろ？　だったらダメもとでやるだけやってみればいいじゃないか。だいじょうぶだよ。きっとたけぴーならうまくやれるよ」

あまりに安直な請負だ。しかもその口ぶりからすればどうせまた面倒なことを全て僕に押し付けようって魂胆がうかがえる。

まったく。そもそも僕がこの部に籍を置いている理由はこの静かな旧校舎でのんびりと読書をするためだ。だのにどういうわけか次から次へと面倒事に巻き込まれてしまう。

「――で、演劇っていったい何をすればいいですか？」

半ばやらざるを得ないのだろうとあきらめ半分にとべっち先輩に聞いてみる。

「いや、それについても今から決めなくっちゃならないんだ。なにしろ人手が無くてできる劇にも限りがある」

「人手が無いって……実際のところボイコットしていない演劇部員は何人くらいいるんですか」

「まあ……そうだな……二人……といったところかな。うん」

「ふたり？」

「ああ、ボクと脇屋《わきや》という三年生がもう一人いる」

「で、でも確か演劇部って部員が二十人以上もいるって話を聞いたことが」

「まあ、元々はね……。数年前までうちの演劇部は人数も少なくて廃部寸前だったんだよ。ボクら三年は初めからボクと脇屋しかいない。で、次の年に城井《しろい》が入部してくれたおかげでうちの部は一気に活発化して、去年と今年、続けて高校生演劇大会に出場できるまでになったんだ」

「シロイ……さん？」

「ん？　もしかしてたけぴー、あーしのクラスの城井を知らないのか？」

「えっと……そんなに有名人？」

「あきれたね。ま、ともかくとびきりの美形でね。校内に結構な規模のファンクラブだってあるんだよ」

「ま、マジですか？　栞さん。ぜひその子紹介してください」

「男だよ」

「――あ、なんだそうですか。どうりで知らないはずだ。つまり、その先輩のおかげで今の演劇部はあるってことですね」

「いや、まあお恥ずかしい話ね。部員のほとんどは城井目当てで入部したようなもんだしね。その城井が今回へそを曲げてしまったんで部は崩壊してしまったと言っていい。まあ、城井は根っからの演劇人間で実力だって相当なものだ。あいつが主演をするから観客は引き寄せられるのだし。きっとボクたち三年が卒業すれば演劇部には帰ってくるだろう」

「その城井って人、そりゃあまたずいぶんなカリスマなんですね」

「まあな。アイツがいるからボクも安心して卒業できる。今回の学園祭のことはボクが蒔《ま》いた種だし城井がやりたくないって言うんならそれでもいいと思ったんだが、脇屋はどうしてもやりたいって言ってな。脇屋とは三年間ずっと一緒にやってきたんだ。それで、一応部長として脇屋には最後になるこの舞台をどうにかやらせたいんだよ」

イマイチ乗り気を見せない僕の両肩を摑《つか》み、とべっち先輩は頭を下げる。僕の悪いところは人からものを頼まれると断れないところだ。やるかやらないかを自分で決めることができない。

「うーん、こんな話、聞かなければよかったと正直思ってます。栞さんもやるっていうんなら、僕もいちおう付き合いますよ。で、どんな劇をしますか？」

とべっち先輩は目を輝かせた。

「そこでさ、竹久《たけひさ》君には舞台の脚本を書いてもらえたらなあ、なんて思うんだよ」

「え？」

反論したいところではあったが、とべっち先輩は栞先輩には聞こえないように、僕の耳元でささやくように言った。

「ぜひともプロの小説家にお願いしたいんだよね——」

もちろん、僕はプロの小説家なんかではない。ごくごくどこにでもいる一般的な読書好きの高校生に過ぎない。しかし以前にとべっち先輩は僕のことをプロのライトノベル作家だと勘違いしてしまったのだ。そして僕はあえてそれを否定せず、プロのライトノベル作家の仮面をつけて過ごすことにした。それはその本当の作者の秘密を守るためと、あと、勘違いされることが少しだけ心地よかったということもある。

おそらくとべっち先輩が僕の耳元でささやいた言葉の裏にはライトノベル作家であることをばらされたくなかったらいうことを聞けという脅しの意味を含んでいるのかもしれな

いが、実はちょっとだけ演劇の脚本というやつを書いてみたかったりもするのだ。だから僕は渋々ながらに承諾してみせる。

「今回だけですよ」

さて、もののはずみで気安く引き受けたが、果たしてどんな脚本を書けばいいというのだろうか。

とべっち先輩は全て僕の好きにやってくれたらいいとは言ってくれているものの、自由にしていいというのが一番むつかしいのだ。

そもそもどうしても演劇をやりたいと主張したのはもう一人の三年生の脇屋先輩なのだから、彼の意向を聞くべきではないかという考えに至り、僕ととべっち先輩は脇屋先輩のいる演劇部の部室へ移動することになった。すべてを僕に丸投げした栞さんは一人部室でお留守番だ。

演劇部の部室というものがどのような場所なのかということにも興味があった。僕の所属する漫画研究部なるマイナーな部室は学園敷地の隅の忘れられたようにある旧校舎の一室だ。それに対し部員が二十人以上在籍し、今年は演劇の全国大会にも出場したという彼らの部室にはどれ程の差があるのかが気になるところでもあった。

「……ここ、ですか？」

「ああ、ここだ。脇屋は中にいる。入ろう」

　率先してその入り口の戸を開けるとべっち先輩。その場所は僕らがいつも使っている体育館の、舞台袖の奥についた戸。確かに『演劇部』と書かれた表札があるもののその上には『体育倉庫』という表札もついている。

　この場所なら僕だって何度も入ったことがある。中はそれなりに広くはあるが、そこにはバスケットボールやバレーボールさらにはバドミントンやバレーボールに使うネットやら体操に使うマットまで、さまざまなものが所狭しと並んでいる。隅には二階に上がる折れ曲がった階段があり、そこを上ると体育館の縁に沿った通路や舞台天井裏の仕掛けに行くこともできる。階段の反対側は半階上がったステージになっている。ステージの中央には大きく緞帳《どんちょう》が下ろされており、その表側が体育館から見たステージになっている。元々このステージはかなり大きいのだが、普段はこうして中央に緞帳を下ろし、半分だけで使っているのだ。

　部室とはいってもそこは彼ら演劇部だけで独占するスペースなんかではなく、体育館を使う人にとっての共有のスペースだ。これならば静かで邪魔の入らない漫画研究部の部室がいかに素晴らしい場所なのかということを実感できなくもない。何しろたった部員二名のために古いとはいえ教室ひとつがあてがわれているのだ。とべっち先輩は僕を連れて奥へ奥へと進む。ちょうど折れ曲がった階段の真下にあたる部分。陰にひっそりと隠れたような場所に置かれた机のところに脇屋先輩は座っていた。

階段下の机の脇には六個の小さなモニターが、壁には様々なスイッチが並んでいる。おそらくそれらはステージ上の照明や緞帳を操作するための設備であり、その上には小さな換気扇が回っている。周りには演劇で使うであろう小物や衣装が乱雑に置かれており、床板は全体的にずいぶんとくすんでいる。特に足元の一部は黒く焼け焦げた跡がそのままになっているが、学校の部外者が見ることのないそんなところまでは修復するつもりはないのだろう。夏休みの間に体育館を改修したという話を聞いているが、それはあくまで来客の目の届く範囲のことだ。効率を重んじるわが校らしい処置である。

「君が竹久くん？　話は聞いているよ。随分と優秀なんだって？」

どこか冷たさの感じられる言い方で脇屋先輩は言った。あまり表情に変化がなく少しうつろで、決して僕と目を合わせようとはしない。あまり演劇向きでないような印象を受けたが、おそらくそれこそがカメレオン役者たるポーカーフェイスなのではと勘繰った。しかしそれは完全な間違いだった。

演劇をどうしてもやりたいと言ったのは脇屋先輩なので、どんな脚本にするか、どんな役を演じたいのかは彼の意向に沿うべきだと思って相談に来たのだけど、

「いや、そこに関しては任せるよ。俺の専門はこっちなんで」と壁に並んだスイッチとモニターを指さす。「演出とか照明なんかの裏方を主にやってるんだ。そのほうが舞台の上で演技をしている役者よりも舞台を操っている感じがして面白いからね」

演劇と言っても役割はいくつもある。舞台の上で演技をするのもそうだが、脇屋先輩のように演出や照明などの裏方の仕事をやりたいと思って演劇部に身を置くものだっている。中には脚本が書きたいからという理由のものだっているだろう。たぶん僕が演劇部に身を置くとしたらきっとそうだ。

「もちろん、人が足りないからちょっとした役をしてくれというならやらないことはないよ。だけど俺の演技にはあんまり期待しないでほしい。その点さえ考慮してくれるのならばどんな脚本でも……」

あまり期待されていなさそうなのは喜ぶべきなのかそれとも憤ってしまうべきなのか。

「あ、でもそういうことなら――」とべっち先輩が注文を付ける。「月末の学園祭までは一か月もない。練習時間もそうだが、とにかく人数が足りなくて衣装や道具を作る時間があまりない。なので手の込んだ大がかりの装置が必要なのはちょっと……」

で、あるのならば現代劇や制服をそのまま使うもののほうがいいだろうかとも考える。しかし、素人的な意見を言わせてもらえばあまりにも現代衣装な演劇というのは見ている側からしても華がない。

僕だって自分が脚本を書くのならばできるだけ多くの人に褒めてもらいたい。そのためにはそれなりに目を引くような演目にしたいとは思うのだ。あたりを見渡し、目についた箱から覗《のぞ》くキラキラとスパンコールのついたドレスを持ち上げる。

「これは？」

「ああ、それはだいぶ前にハムレットの劇をした時の衣装だよ。随分古くなっているしところどころ焦げてしまっていたりするけれど、少し手を加えれば使えなくもないだろう」

「演目も追加の役者も僕が決めちゃっていいんですよね？」

「ああ、もちろんだ。何しろボクたちだって藁《わら》にもすがる思いなんだからこの際役者が未経験のド素人だろうが仕方ない。とにかく、最後の思い出になるようなものができたらいいなと……」

思い出作りだなんて言わせない。やるからには、きっとみんなをあっと言わせるものを作りたいと思うのが人間というものだ。人手は少しでもほしいので友人に連絡を取ってみたら瞬で返事が返ってきた。最近放課後に暇を持て余している彼はすぐにここまで来てくれるそうだ。

　僕の懐刀。麗しのリア王。

　さて、リア王到着まではまだ時間があるだろう。この間に聞いてみたいことを思い切ってぶつけてみる。

「あの……こんなことを聞くのも何なのですが、その……城井さんという部員のトラブルっていったい何だったんですか？　いや、あまり踏み込んで聞くのもアレですし、気まずい話なら特に……」

　僕の言葉に脇屋先輩とべっち先輩が互いに目を合わせる。無言で何かを了承しあうようにして口を開きかけたその瞬間——。

　体育倉庫の入り口の戸が開き人が入ってくる。リア王ではない。女子生徒二人組でその姿は——なんでいつもこう間が悪いのだろうか。

「アレー、ユウじゃん。何でここにいんのよ」

「いや、瀬奈こそ何でここに？」

　そしてその後ろには笹葉さんの姿も——。

「うん、ちょっとね。学園祭の運営でウチら体育館のステージ担当になっちゃったのよ。

それで設備の点検をね」

「瀬奈も実行委員だったのか？」

「ああ……まあ、本当はアタシ全然関係ないんだけどね、なんていうか成り行きでさ……。で、ユウこそ何でとべっちさんと？」

「その、なんだ……演劇部の脚本を担当することになって……」

「へー、そーなんだー。なんかおもしろそー」

言いながら瀬奈は後ろに重ねてあるマットに背中を預けて腕を組む。設備の点検をするつもりだったはずだがまるでその様子もなく僕らの話に参加しようとしている。笹葉さんが一人せわしなく設備の点検をしながら階段から二階に上がっていった。

「事の発端は夏休み——」とべっち先輩が話し始めたので僕は「え、ちょっと待って」と言った。「どうした？」と話が中断する。

瀬奈たちがやってきたのでこの話は中断するのではないかと思ったのだが、とべっち先輩は気にしている様子もない。

「何でもないです。続けてください」

「ああ。ボクたち演劇部は今年の演劇の全国大会の出場が決まって、夏休みに入ると同時に毎日のように猛練習をしていた。

うちの学校の体育館のステージは全国大会で使用されるステージとほぼ同じ寸法でできているから、七月末の大会本番までにぜひともステージで練習したいと思っていた。でもあいにく体育館は夏休みに入ると同時に改修作業に入ってしまって、別のところで練習していたんだ。

そして大会の二日前、体育館の改修が終わったと聞いて、ボクたちは本番前の最終調整をするため体育館のステージでの練習をすることにした。

本番さながらのぶっ通しの練習。ただ、あまりの暑さから皆は本番用の衣装ではなく、体操服だとかTシャツ姿だった。その日の練習の途中に事件は起きた。

演者全員がステージ上に集まりクライマックスシーンを演じている最中、体育館裏の準備室、つまりこの場所の方から黒い煙が立ち込めていることに気が付いた。ほら」

とべっち先輩は天井を指さす。演劇のステージの上には舞台を演出するための梁《はり》が通っていて、緞帳を下げたり人が歩いて作業できるようになっているので、その上部はつながっている。場合によって中央の緞帳を上げて使うこともあるこの背面ステージにも、表と同様の大きな照明がぶら下がっている。

「ステージの表側から黒い煙が見えたんだ。それに焦げ臭いにおいもした。ボクはあわてて裏にまわったんだけどもう手遅れだった。ここだよ」

足元の床の焦げを指さす。

「大会で着るはずだった衣装に引火したんだ。原因はボクが置いていたペットボトルの水さ。急いで火は消したけれど衣装はほとんどが使い物にならなくなってしまった。もちろん、どう足掻《あが》いたって大会に間に合うはずもなく、ボクたちは衣装なしで大会本番に挑んだ。

もちろん、それだけが原因というわけでもないだろうけれど、結果は散々なものだった。演者も大会本番でTシャツ姿じゃあテンションも上がらずいい芝居ができたとは言い難かった」

「ねえ、ちょっといいかな？」

脇屋先輩の説明が終わると同時にいてもたってもいられず質問をしたのはずっと僕の隣でおとなしく話を聞いていた瀬奈だ。

「その、何で誰もいないはずの準備室から火が出たの？　しかも原因が水？」

「瀬奈、それはたぶん収斂《しゅうれん》現象というやつだよ」

それに関しては僕が説明を入れる。

「シュウレンゲンショウ？」

「そう、収斂現象。ほら、子供のころに虫眼鏡を使って太陽の光を一点に集めて紙を燃や

したのを覚えていないか？　あれと同じ原理だよ。たとえば眼鏡だとか、水の入ったペットボトルだとか、そういったものがレンズの役割をはたして収斂を起こしてしまうということは意外とよく聞く話だよ。特に、水の入ったペットボトルなんかは無色透明なのに底がぼこぼこしていたりするので、複数の収斂を起こしてしまうことがあるんだ。その近くに衣装のような燃えやすいものが集まっていたら引火してもおかしくないだろう」

「うーん、でも、肝心の太陽はどこから？　太陽の光を集めるにもここには窓がないじゃん。さすがにあれじゃあ無理だよね」

瀬奈は階段下についている換気扇を指さす。止まっているファンの隙間からはわずかに太陽の光が差し込んでくる。

「さすがにあれじゃあ無理だろうけどね。太陽の代わりはこれさ」

僕は天井を指さす。大きな白熱球が天井からぶら下がっている。このステージ裏はもともとステージ前面と一つながりなので、およそ準備室には似つかわしくない輝度の高い照明がぶら下がっている。

「この手のライトは結構な熱量を持っていて、収斂すればそれなりのものになるもんなんだよ。近年、一般家庭のクローゼットのダウンライトの熱で布団に引火して火事を起こすなんてことも少なくないらしい」

「ふーん、そうなんだ。でも、それって言ってしまえば事故じゃない？　別にとべっちさんが悪いっていう話でもないじゃん」

「そうだな。もちろん戸部が悪いわけじゃない」脇屋先輩が言う。「だけど城井はそれが気に入らなかったらしく大会が終わり次第部をやめると言い出したんだ。三年の俺たちはともかく一、二年の部員はみんな城井に憧れてここにやってきてるようなもんだ。実質アイツがリーダーで城井がやめると言えば皆やめるんだよ」

「説得して帰ってきてもらうっていうのはナシなんですか」

「城井もあれでなかなか頑固だからなあ。まあ、アイツさえ帰ってくれば他の奴《やつ》らも帰ってくるんだろうけど……なんていうかさ。こうなったらアイツらなしで舞台を成功させてやりたいっていうのもあるんだよな。だからこそ、竹久には期待している」

「恐縮です」

とってつけたようなお世辞だが一応お礼らしきことを言っておく。まあ、僕は期待されるような人物ではない。本当はプロの作家でも何でもないし、今までちゃんと最後まで小説を書き終えたことだってない。

そのタイミングで三人目の訪問者が訪れる。真打というやつは最後にもったいぶって登場するものだと決まっている。

「演劇部って、ここでいいですか？」

男らしく低く渋みのある声が準備室にこだまする。

「あ、タイガ。こっちこっち！」

僕よりも先に瀬奈が大我を見つけて手招きをする。

「黒崎《くろさき》大我です」

何の説明も受けず突然こんなところに呼び出された大我はひとまず名乗りを上げる。

「彼はわが漫画研究部の新部員です。演劇をやるというので彼の力を借りようと思って呼んだんです」

「そうか竹久君、わかってるじゃないか。彼に主演をやってもらおうということだね」

「俺が、ですか？」

さすがに聞いていない話に戸惑う大我。

「いや、いくらなんでもそれは。主演はとべっち先輩がやってください。別に大我は演劇の経験があるという訳ではないので」

「いや、それに関しては問題ないよ。主演っていうのはね、経験だとか演技力以上に〝華〟というものが必要なんだ。確かに城井は両方持っているかもしれないが、ボクなんかじゃ華がなさすぎる。主演は黒崎君にやってもらうべきだ」

「うん、いーじゃん、いーじゃん。やりなよタイガ」

「いや、しかし……」

「大丈夫だよ黒崎君、君ならできる。もちろんステージ上ではボクがサポートするし、竹久君や葵さんだってしてくれるはずだ」

「え、僕も、ですか？」

「そりゃあそうだろ。でないと人数が足りなすぎる。昨日葵さんも出演してくれるって言っていたし」

「昨日？　とべっち先輩はこの話、今日初めて持ってきたんじゃないんですか？」

「いや、昨日のうちに葵さんには承諾を取っていたさ。引き受けるかどうかは竹久君次第だから明日改めて部室に来てくれって」

「そうか、そういうこと……」詳しい事情を大我に説明し、「なあ、大我。そんなわけで主役。やってくれるかな？」

「わかりました。俺にどこまでできるかはわかりませんがやってみます」

話はどうにかまとまった。瀬奈は笹葉さんの手伝いに二階に上がり、僕と大我は今日のところはいったん帰ることにした。早く帰って脚本のあらすじを組みたいと考えている。

帰り道で大我は深刻そうな顔で言ってくる。

「なあ、優真《ゆうま》。脚本は優真が書くんだろ？　どんな話にするのかもう決めてあるのか？」

「ああ、なんとなくだけどね。シェイクスピアの衣装で使えそうなのが残っているみたいだし、『リア王』をベースにした脚本で行こうと思うんだ」

「そうか……」

何かもの言いたげである。

「どうかしたのか？」

「いや、こんなことを言い出すのも差し出がましいんだが……」

「気にしないで言ってみろ」

「ああ。実はな……演劇には葵も出演するっていうだろ？　だからさ、演劇の舞台の上で、俺に告白させてくれないか？　葵に……」

──なるほど。やけにあっさりと主演を引き受けると思ったらそういう魂胆だったのか。

栞さんが演者として出演すると聞いて大我はその計画を思いついたのだろう。

「わかってるじゃないか」僕は言う。「実はさ、おれもそんなことを考えていたところだ。任せてくれ」

握った拳を軽くぶつけ合う。

その夜僕は机に向かい、一心不乱に脚本を書き始めた。不思議なものでいくら頭で考えても上手《うま》くまとまらないというのに、手を動かし始めれば次から次へと文章が湧いてくる。もしやこれが降ってくるというやつだろうか？　正直、自分が書いたとは思えないような歯の浮くセリフやキザな言葉が書き綴《か　つづ》られている。いわゆる深夜のラブレター効果というやつなのかもしれない。あるいは脚本を書いているときは普段の自分ではなく、〝脚本家〟という仮面をつけていて、その仮面の下で本心を書いているのかもしれない。

一気呵成《いっきかせい》に結末まで書きあがったのは、もう白々と夜が明けるころだった。もちろん、これから煮詰めていく必要があるのだろうが、ひとまずここまで出来上がったことに満足し、学校までのわずかな時間、仮眠をとるつもりで横になり、順当に寝坊して遅刻した。

寝不足で始まった一日だが、午後の授業中に十分な睡眠をとることでどうにか回復した。放課後は部室に行けばきっと集中できなくなるようなトラブルが発生すると予想したので、今日はあえて教室で作業を行う。替わりに仮入部中の大我に原作となる『リア王』『ハムレット』『ロミオとジュリエット』それにおまけの『マクベス』の四冊を渡して部室でしっかり読み込んでおくように指示しておく。

教室の机の上にコピーした脚本原稿の束を置いて赤ペンで直しを入れていく。

シェイクスピアの戯曲の断片を切り取っては集めて無理やりつなぎ合わせたストーリー。『リア王』をベースにして、はじまりもそれになぞらえている。

本来の『リア王』は年老いた王で、生前のうちに三人の娘に自分の国を分割して相続させようとするのだが、じつにつまらない茶番を打ってしまう。

自分のことをどれほど愛しているのかを娘たちに言わせ、その内容に応じて相続を決めようというのだ。

上の娘二人は思いつく限りのお世辞を言うが、自分が最もお気に入りだった末娘のコーデリアはお世辞など言うこともなく、正直な気持ちを答えた。

リア王はこれが気に入らなかった。

コーデリアに領地を相続させないどころか追放までして、上の娘二人に領地を譲ると、王は自ら隠居してしまう。

この後、二人の娘に冷たくされるようになり、末娘のコーデリアに対する愛情を思い出した時にはすでに遅く、リア王は不幸のどん底へと陥ってしまうのだ。

この部分を参考にした僕の脚本のはじまりは、父を病気で亡くしてしまった若きリアが王位を相続するにあたって、二人の花嫁候補から片方を妃《きさき》として迎えなければならないという場面だ。

一人目の候補ゴネリルは父王の弟の娘。リア王の従妹《いとこ》にして幼馴染《おさななじみ》でもある。

そしてもう一人の候補コーデリアは古くから王家とは仲が悪く、謀反を企てているのではないかと噂《うわさ》されるキャピュレット家の令嬢だ。

王の側近のケント伯は永く続く両家の確執を埋める妙案とコーデリア嬢を推す。

そしてここにはまた真意がある。

公にこそされてはいないが、実はリア王はこのキャピュレット家の令嬢コーデリアと恋仲にあった。それを知る側近のケント伯は大義名分を携えてコーデリアを推薦したのだ。

しかし、一族の意見では王弟の娘ゴネリルを推す声が大きい。そこでリア王は大義名分を獲《と》る為《ため》につまらない茶番を打ってしまうのだ。

二人の花嫁候補に自分のことをどれほどに愛しているのかを語らせ、その上で花嫁を決めるというのだ。

幼馴染のゴネリルは積年の想《おも》いを語りかけ、リア王を愛しているという。

しかし、コーデリアは「自分のような低い身分の者が王に対し『愛している』などと分不相応なことがどうして言えましょう」と言い、その言葉にへそを曲げてしまったリア王はキャピュレット家の権威を奪い、王弟の娘ゴネリルと結婚してしまうのだ。

しかしリア王は後にこのことを後悔し、どうにかコーデリアとヨリを戻せないかと画策する。

言わずもがな、この物語は僕の友人黒崎大我と栞さんとをモチーフにした物語でもある。中学時代に栞先輩に想いを寄せながらも、陰キャの代表ともいえる相手について世間の目を気にして心にもないことを言い、後悔してしまった出来事の再現のような物語である。

当然主演のリア王は黒崎大我。それを支えるケント伯は僕。そしてコーデリアの役は何が何でも栞さんにしてもらう予定だ。安直に演劇部に協力すると言い出した責任は取ってもらう。

そして舞台の終盤、黒崎大我扮《ふん》するリア王に舞台の上で葵栞へ公開告白をしてもらおうという寸法だ。

物語の中でおそらくもっとも難しい役どころとなるコーデリアの兄にしてキャピュレット家の長男ティボルト役は部長のとべっち先輩。そして、ゴネリルの父、王弟の役が脇屋先輩だ。脇屋先輩には舞台の仕掛けや照明をメインにやってもらうので、出番は少ないけれど役割の重い王弟をやってもらう。

あと一人、重要な人物である恋のライバル役のゴネリルは決まっていないが、できれば瀬奈にやってもらおうとは思っている。

しかしこのリア王。自分が書いた、しかも友人をモデルとして作った話ながらなかなかムカつく。本心は片方に決めているとはいえ美女二人に告白をさせておいて平然と過ごしているのだから仕方のない奴《やつ》だ。ゴネリルは断られてしまうことが前提にもかかわらず皆の前で愛の告白をさせられるのだ。僕がもしリア王の立場だったらそのどちらかを選んでどちらかを切り捨てるなんてとてもできないように思える。まあ、それが一番クソやろうな答えなのかもしれないけれど。


時間は瞬く間に流れ、いつの間にか放課後の時間は過ぎ去り下校指示の時刻が迫っていた。気に入らないところに赤ペンを入れていくつもりがいつの間にか原稿は真っ赤になっていて、直すというよりほとんど最初から書き直したほうがいいようにも思えてくる。荷物をまとめて帰り支度を始めることにした。

「竹久、まだいたの？」

静かな教室に声が響く。教室に差し込むはちみつ色の夕日が室内の埃《ほこり》をきらきらと輝かせ、それはまるでダイヤモンドダストのような輝きを放つ。その中にたたずむ彼女。こうして見ると、いや、こうして見なくてもやはり彼女は美しい。

「笹葉さんお疲れ。こんな時間まで委員会？」

「うん……でも、ほとんど意味のない話し合いだけでなんにも決まっていないわ。このまま学園祭、間に合うのかしら」

「ごめんね。なんか押し付けちゃったみたいで」

「ううん、そんなこと……ウチが自分でやるって言い出しただけのことだから」

各クラスから代表でひとり学園祭の実行委員を選出しなければならない。当然放課後の毎日をそんなことにつぎ込みたいとはだれも思わず、責任感の強い笹葉さんが立候補した。たぶん彼女からしてみれば恋人と別れて放課後に暇を持て余してしまった穴埋めという意味が含まれていたのだろうけれど、そんな彼女の行動を点数稼ぎだと悪く言うものも少なくない。

それはおそらく笹葉さんの容姿が人並み外れて美しすぎるというのもあるだろう。ましてやみんなの憧れである黒崎大我と一時期ではあるが恋人同士だったのだ。妬まれても仕方がない。

「あれ、ユウ。まだいたんだ」

そこにもう一人の美女が登場する。笹葉さんの親友の宗像《むなかた》瀬奈だ。彼女もまた成り行きで学園祭の実行委員のクラス代表になってしまったという。しかしこうして二人並んで立っている姿を見るとやはり甲乙つけがたい存在だ。万が一にもあり得ない話だろうけれど、僕の書いた脚本のリア王のようにこの二人から同時に愛を告白されたとしたら、それは本心の中でどちらを選ぶかという結論があったとしても、どちらかを選んでどちらかを切り捨てるなんてとてもできないだろうと思う。

わかっている。もちろんそれは最低のクズの選択だ。

「二人とも今から帰り？」

僕は二人を一緒に帰ろうと誘うつもりだった。友人の大我は部室に栞さんと二人きりにしているので、あの二人が一緒に帰るのが望ましい。

そしておこぼれにあずかり両手に美女を侍《はべ》らせての下校役を僭越《せんえつ》ながら引き受けようと考えた次第だ。しかし――。

「アタシ今からちょっと用事あるんだ。ゴメンね」

瀬奈は僕がまだ一緒に帰ろうと誘ってもいないうちに断りを入れて立ち去ってしまった。

教室には僕と笹葉さんの二人だけが取り残される。

少しばかりの気まずさの中、それでも自然な成り行きで二人は並んで教室を出て、一緒に駅へと向かう道のりを歩く。

「そういえば竹久、学園祭の演劇の脚本書いてるんだって？　瀬奈から聞いたわよ」

沈黙の気まずさを紛らわすように、笹葉さんは思い出したように言った。

「うん、シェイクスピアの戯曲をいろいろ合体させてパロディーをつくってみたんだ」

少し得意気になって、鞄《かばん》から原稿の束を取り出す。それをさも自然に手に取った笹葉さんは、歩きながらその原稿を読み始めた。

少し間をおいて、マズイことをしてしまったと気づく。

ストーリー上、リア王が大我でコーデリアが栞さんだとすれば、はじめに結婚するにもかかわらず、後半捨てられてしまう幼馴染のゴネリルはまさに笹葉さんそのものだ。まだ失恋の傷の癒えていないだろう彼女にこんなものを見せてしまうというのはいかに気のまわらない男だろうか。

かといって今からその手に持っている原稿を奪うというのも甚だおかしな行為である。

彼女の様子を横目でちらちらとうかがいながら歩く。

つまり、ちゃんと前を見て歩いていなかった。それは笹葉さんにしても同じことで、ふと気が付くと彼女は道を少しそれて道路わきの桜の樹《き》に激突する直前だった。

「あぶない！」

彼女の腕をつかんで手前へと引っ張ると、何事がおきたのかわからない笹葉さんは目を丸くして僕の胸の中へと倒れ込んだ。彼女が倒れてしまわないようにと、しっかりと受け止めようとするあまり、僕は笹葉さんを抱きしめるような形になった。

「あ、ありが、とう……」

「い、いや……なんか、ゴメン」

彼女を抱きしめた格好のままで互いに恥ずかしそうにつぶやく。僕の腕の中にいる笹葉さんは、とても柔らかく、甘い香りがした。非常事態とはいえ罪悪感が体を走る。

ゆっくりと離れ、それからまた無言で歩き始めた。気まずさを紛らわせるための意味のない会話を始めてくれたのは笹葉さんの方だ。

「『リア王』が中心の話なのね。まだ、最初のところしか読んでいないけれど『ハムレット』とそれに『ロミオとジュリエット』がミックスされているのね」

「うん。でも、物語全体のテーマは全然違ったものにしているんだ。

ほら、本来のリア王って〝老い〟によって失われていくものを描いているでしょ？　でも、まだ若い僕らにとってはイマイチぴんと来ないテーマだなって……」

「だから若いリア王にして、〝老い〟に近い存在の〝過ぎたことへの後悔〟をテーマにしているわけね」

「さすがだね……。最初だけ読んでそこに気づいているなんて」

「でも、目の前の樹には気づかなった」

「うん。それはほんとに気を付けて」

その言葉で、ふたりは「ふふふ」と同時に肩を揺らして笑う。


駅に着いたがまだ電車は来ない。僕と笹葉さんは別々の方向の電車に乗るのだが、田舎の駅は次から次へと電車が来るわけでもなく、線路が片側一本ずつしかない駅だと電車を確認してからでも急いで向かいのホームに行けば間に合う。

僕たちは下りの駅のホーム（それは笹葉さんが乗る電車のホーム）のベンチにふたり並んで座り電車を待つことになった。

笹葉さんは思い出したようにシェイクスピアのリア王について話し始めた。

「ねえ、ウチ思うのね。『リア王』の本当の主人公はリア王でもコーデリアでもないいんじゃないかなって」

「主人公がリア王じゃなくてコーデリアでもない？　えっとー、じゃあグロスター家エドガー……かな。グロスター家のエドマンドとエドガーのストーリーは結構無視されてしまいがちだけど、リア王が悲劇的な結末を迎えるのに対し、並行するエドガーの物語は大団円になる。

物語的には確かにそっちを主人公と考えた方がきれいにまとまっているようには感じるけど……」

「うん、まあ、それもあるのだけれど、ウチが思うに、主人公は道化師なんじゃないかなって」

「道化師？」

「そう。特にリア王の物語なんかだと、みんな王に対してゴマをすってばかりで、そんな周りに対して王自身がいい気分になっているように感じるんだけど、唯一無礼を許されている道化師はその立場を利用して、王に対して言いたいことを言うのね。愛娘《まなむすめ》であるコーデリアでさえ本心を言ったことでとがめられているというのに、それってすごいことなんじゃないかしら」

「ああ、たしかにそうだ。僕もあの話を読んで思ったのは、いくら道化師とはいえ、あれほど好き勝手に言えるものなのかなって」

「たぶん、実際にはいくらなんでもあそこまでは言えないんじゃないかしら。でも、シェイクスピアは演劇の中であえてそういう内容を道化師に言わせることによって、本物の王自身にその意思を伝えていたんじゃないかしら。当時のシェイクスピアの人気はすごくて、エリザベス女王も観《み》に行っていたっていうくらいだから……」

「そういえば、たしかシェイクスピア自身、道化師の役を演じていたって聞いたことがあるな……。シェイクスピア自身は自分の意見を素直に王に言っていいような身分ではなかったし、もし、シェイクスピアの戯曲を書いたのがシェイクスピア自身ではなく、その素性を隠したい貴族のひとり、たとえばフランシス・ベーコンだったりするならば、尚更《なおさら》王に本音なんて言えない立場だったろうね」

「ほら、ね」

「あ、でも、リア王の劇の中で、前半あんなに印象の強いキャラクターだったのにもかかわらず、後半急に出てこなくなるんだよね」

「そうなのよ。ちょうどもう一人の主人公かもしれないって言ったグロスター家エドガーが〝トム〟と名乗って登場するあたり」

「後半はまるでトムが道化師みたいに狂った口調でリア王に好き放題の言葉を言うんだ」

「ねえ、もしかするとシェイクスピア自身は道化師とエドガーの二役を演じていたんじゃないかしら。だから、後半エドガーが活躍するようになってからは道化師を登場させるのが難しくなったんじゃないかしら。だけれどもその分、エドガーが劇中で作者が最も言いたいことを言う役回りになった」

「うーん、それは……どうなんだろうか？　でも、まあ、そこのところを勝手に想像してしまうっていうのも面白い見方だよね」

「ねえ……」

「うん？」

「竹久がリア王だったらどうする？」

「僕がリア王だったら？」

「うん、もし竹久が想《おも》いを寄せている相手がそっけない態度をとっていて、そんな時にそれほど好きでもない女性から好きだって言われたら……」

「そりゃあもちろん断るさ……と、言いたいところだけど、実際どうだろう。僕はそんなにもてたことが無いからよくわからないけれど、その場の雰囲気に流されて間違った選択をしてしまうと、きっと後悔し続けることになるだろうから……」

僕は、そう言いながら立ち上がる。

線路の先、遠くの方からやってくる電車の姿が見えたからだ。

「それじゃあ、またあした」

「うん、またあした」

僕が上りの電車に乗り込んでも、すぐに電車は発進しない。向かい側の下りのホームにも電車がやってきて、この駅ですれ違う予定だ。

向かい側にいた笹葉さんもベンチから立ち上がり、ホームに入ってきた電車に乗り込む姿が窓から見える。

やがて二台の電車はゆっくりと、それぞれ別々の方向へと走り始めた。


僕は、リア王の物語を読んで改めて思う。

人は誰しもいろんなしがらみの中でその想いを隠し、偽らなければやってられない時があるものだ。

しかし、もしリア王が初めから自分の気持ちに正直に生きていたならどうだろう？　物語は、全く違ったものになったのではないだろうか。

リア王の物語の中心には、〝老い〟に対する儚《はかな》さが描かれている。

それはひとえに、失敗を犯した時に老いのせいで取り戻せないという部分があるからではないだろうか。

さいわいにも僕たちはまだ若い。

犯してしまった失敗に足を引きずられて身動きできなくなるとは限らない。

失敗してもやり直すだけの余裕は残されているのではないだろうか。

# 『ハムレット』（シェイクスピア著）を読んで

笹葉更紗

“To be, or not to be, that is the question.”

『生きるべきか、死ぬべきか、それが問題だ』

という翻訳はあまりにも有名だけれども実際には少し過剰な翻訳で、本来は『やるべきか、それともやらざるべきか』くらいの表現が適切だろう。

『ハムレット』は『リア王』『オセロー』『マクベス』と並んでシェイクスピアの四大悲劇と言われる作品で、おそらく最も有名な話だ。

王である父の死後、王弟であるクローディアスが王となり、ハムレットの母ガートルードとあっさり結婚してしまうことにハムレットは腹を立てる。

そしてハムレットの目の前に現れる父の幽霊。父王はクローディアスによって殺されたと告げ、どうか母（王の妻）を許してやってほしいという。

ハムレットは父の復讐《ふくしゅう》を誓い、一計を企てる。

この物語、なにが悲劇かと言えば男はあまりにも純情であるにもかかわらず、女はあまりにしたたかだということだ。

ガートルードは永遠の愛を誓った夫が亡くなってすぐに別の男と結婚する。

純情な男、ハムレットはそれが許せない。

さらにひどいことに父王は自分を裏切った妻をどうか許してやってくれという。

まったく。女というのは本当に嫌な生き物だ。

ウチだってそう。紛れもなくそんな女のひとりで、付き合い始めた男を簡単に捨て、はじめから別の男のことが好きだったなんて言うのだ。

裏切られた男も男で、すべては自分が悪かったと言ってウチのことを許そうとするのだ。

だからこそ自分自身を許すことができないでいる。

もういっそ、ウチは尼寺にでも行くべきなのだろうか。

夏休みの一件が尾を引き、新学期の初日の朝に皆と顔を合わせるのが急に怖くなってそのままサボタージュしてしまった。本の畑に逃げだしたウチを捕まえてくれたのは竹久《たけひさ》だ。

明日からはちゃんと学校に行くと言ったものの、やはり何事もなかったようにというのはむつかしい。普通に接しようと思っても今にして思えば何が普通で何が普通でなかったのかもよくわからない。

午前の授業が終わり昼休み。今まで通りであるならば竹久と黒崎《くろさき》君と三人で食堂に向かう。しかし、今はそれが怖い。授業が終わると同時に廊下側の席のウチは逃げるように教室を出ていった。

行き場を無くしたウチはひとり新校舎（特進コースの教室があるのは四棟の内、一番新しい校舎）の屋上に上がり、あたりを見回して誰もいないことを確認する。そしてまるで何かから隠れるように給水塔の陰に座り込み、空を眺めて深いため息をつく。

まだまだ終わりそうにもない生暖かい夏の風が湿気を含んで重く緩やかにのしかかる。夏草のにおいに混じって、焦げたような匂いを感じた。

違和感を覚え、給水塔から顔をのぞかせて風上の方を見る。すると給水塔のちょうど反対側から同じようにこちらを覗《のぞ》きこむ視線とぶつかった。

背が高くて顔立ちの整った男子生徒だ。ネクタイが緑色なので一つ年上の二年生だということがわかる。相手もここにウチがいるなんて思っていなかったらしく、慌てた様子で手に持っていたものを給水塔の陰に隠す。

気まずくなり、すぐに目を逸《そ》らして立ち上がって階段の方へと歩いていく。

「なあ、待てよ」

「はい……」

恐ろしくてうしろは振り返れない。

「……なにも、見てないよな？」

「なにも、見ていません」

「……なら、いいさ」

ウチは逃げるようにその場を立ち去った。

やっぱりウチに、居場所なんてどこにもない。


午後のホームルームで、月末に控えた学園祭の話があった。各クラスから一人ずつ実行委員を選出することになっていて、実行委員は放課後毎日居残って打ち合わせに参加しなければならないらしい。青春時代の貴重な時間をそんなことに注ぎ込みたいなんて思う人はどこにもいない。

ウチは、実行委員に立候補した。

知らない人からすれば、それは内申書の点数稼ぎに見えるのかもしれない。でもウチの本音は放課後の時間をどうにかして潰したいから。

以前は放課後に黒崎君とデートをしたり、瀬奈《せな》や竹久と連れだってどこかに出かけたりなんかしていた。でも竹久は部活動を始め、黒崎君とは別れた。瀬奈はそんな竹久に付きまとったり、ほかにもいろいろとしているようだ。瀬奈は友達が多くて時間をもてあますことはない。

対してウチは部活動もしていなければこれといってやることもない。ましてや帰り道で黒崎君と鉢合わせになっても気まずいだけだ。


実行委員会は早速今日から召集された。

各クラスから集められた委員を前に、生徒会長の星野《ほしの》先輩が司会進行を務める。

正直、会はグダグダだと言わざるを得ない状態だ。ほとんどのクラスの代表者は無理やりに委員を押し付けられて仕方なしに集まっているものばかりで、生徒会長の星野先輩もまるでみんなをまとめる気はない。銀縁眼鏡のまじめそうな人相ではあるが、その表情は冷めていてどこか他人を見下している感がある。噂《うわさ》によるとどうやら両親がこの学園に多額の寄付なんかもしているらしく、教師陣も彼の行動に口出しはしづらいらしい。

挙句、集まった皆を前に身の上話や無駄話（それはほとんど自慢のような話）をする始末で、集まって二時間余り何も決まらないままに時間は過ぎて行った。まったくこれでは先が思いやられる。自ら立候補したもののはやくも後悔し始めてしまった。

「ねえ、サラサ！　どっかあそびにいこーよ！」

なれない委員会の仕事に追われた平日が終わり、ようやく気が休まると思っていた土曜日の朝、目覚まし時計代わりにスマホのアラームを鳴らしたのは瀬奈だった。

正直、もう少し寝ていたいと思っていた。

今朝は少し寝坊できるとタカをくくって昨夜は明け方近くまで本を読んでいた。『あやかし学園の事件手帖《てちょう》』というライトノベルだ。先日ちょっとした出来事から作者に会った。前に一度読んだことのある本だけれども、作者に会う前と会った後ではまた違った内容に見えてくるのが面白い。つい夢中になって夜更かしをしてしまった。夜更かしは乙女のお肌にとって天敵だと瀬奈が教えてくれた。瀬奈は本当によく食べてよく寝る。

煩わしいけれど、休みの日でもちゃんとお化粧をしておしゃれをして家を出る。そうしないと瀬奈が怒る。寝不足の肌は化粧のノリが悪いので少し手間取った。

駅前の噴水の近くにある桃太郎像の前のベンチで待ち合わせ。自分で時間を決めておきながら遅刻してくるのはいつものことだ。一時間近く遅れて瀬奈が到着するまでに三人の男が声をかけてきた。

「ねえ、ひとり？　ヒマなの？」

待ち合わせをしているだけだし、当然ヒマでもない。しかしヘタに受け答えをすると余計にしつこく誘ってくるから無視するのが一番だ。たぶんそれが一番早くどこかに行ってくれる。

でも、時折去り際に暴言を吐いてくる男もいる。

「はん、調子に乗ってんじゃねーぞ。このビッチが！」

思い通りにいかないからといって手のひらを返すような男は最低だ。それにウチはビッチじゃない。少し前に恋人もいたが、期間も短かったしまだしょ……いや、その話はいい。

「ごめーん、まったー？」

「そうね、約束の時間通りに来たから結構待ったわ」

女同士の待ち合わせなら「ううん、わたしも今来たばかり」なんていう嘘《うそ》は言わなくてもいい。というか、今来たばかりならウチも大概遅刻だ。だから瀬奈にはちょっぴり嫌味《いやみ》を混ぜた返事をする。

「あはは、それじゃあ半分はサラサが悪いよね」

瀬奈の言っている言葉の意味はよくわからない。

ウチの隣に腰かけた瀬奈は脚をぶらぶらと揺らしながら「ねー、どこいこーかー」と聞いてくる。

そしてなんの意見を言うでもなく鼻歌を歌いだす。

人前で、というか駅前の桃太郎像前という不特定多数の人が通り過ぎるような場所で鼻歌が歌える人間というのは実にすごいと思う。きっと生きていることに幸せを感じているんだろうなと思う。あるいは自分にすごく自信があるかだ。

瀬奈の鼻歌はウチの知らない曲。でも、最近彼女はよくこの曲を鼻歌で歌っているのでなんとなく憶《おぼ》えてきてしまっている。

「あッ、アタシお腹《なか》すいたな！　どっかごはんでも食べに行こうか！」

「え、瀬奈。アンタまだご飯食べていなかったの？」

もう、昼過ぎだ。ウチは当然済ませてきた。

「え、アタシもちゃんと食べてきたよ。でも、やっぱりお腹は空《す》くじゃない。ほら、育ち盛りだし」

その理屈はよくわからない。瀬奈は本当によく食べるしよく眠る子だけど、そんなに育ってはいない。身長も平均よりはかなり低い方だし、痩せている。それに比べて頑張って我慢しているウチの方が明らかに育っている。身長も、ほかにもいろいろだ。

「仕方ないわね。じゃあどこかで軽く食べる？　ウチはコーヒーくらいなら付き合うけれど」

「あ、じゃさ。カラオケいこっか！」

「どういう成り行きでそうなるのよ」

「え、だってカラオケならゴハンだって食べられるし、それに歌えばきっとサラサもお腹が減るよ」

それもいまいちよくわからない理屈だけれども、もちろんウチにそれを断る理由もない。この数日間委員会の進行の段取りが悪すぎる生徒会長にイライラしていたし、うっぷん晴らしに大声を出すのも悪くない。案外瀬奈もそれに気づいた上で今日誘ってくれたのかもしれない。


駅から歩いてすぐのカラオケ屋に到着するなり瀬奈はご飯をたくさん注文する。普通に考えて食べきれない量の品々を目の前に「サラサの分もあるから」と言うが、あいにくウチはまだお腹なんて空いていない。それに今はダイエット中だ。

ダイエットの意味も込めてまずはカロリーを消費しなくてはならない。なるべく大きな声を出すような曲を歌ってみるが、あいにくウチは瀬奈のように大きな声が出せない。おかしいな、お腹の肉は瀬奈よりもたくさんついているはずなのに……

しばらくして、瀬奈がひとりトイレに行くと言って席を立った。その間ウチはひとりきりの個室でひとりで歌を歌う。曲が終わり、次に瀬奈の入れていた曲が流れ出す。しかし依然として瀬奈は帰ってこない。流れ出したのはメジャーな曲なので知っている。瀬奈が帰ってくるまでと思いながらそのままウチが歌った。

それでも瀬奈は帰ってこない。

また、ウチがひとりで歌う。追加で注文していた飲み物を店員さんが持ってきたので歌うのをやめる。

店員さんが去った後も、なんだか虚《むな》しくなって歌うのをやめた。部屋にはひとりきりしかいないのだ。仕方なしにテーブルの上に広げられている食べ物に手を出す。ダイエットは無事失敗だ。

歌を歌わずにひとりきりで過ごすカラオケの部屋には、他の部屋の歌声がけっこう聞こえてくるものだ。こんなにはっきりと聞こえているなんて歌っていれば気づかないものだが、気づいてしまえばなんだか恥ずかしくもなってくる。

どこかの部屋から流れてくる音楽、その曲をウチは知っていた。曲のタイトルも歌っているアーティスト名もわからないけれど、さっき瀬奈が鼻歌で歌っていた曲だ。そういえば、ウチが知っているのは瀬奈の鼻歌ばかりでちゃんと聞いたことなんてなかったかもしれない。そう思いながらその曲に耳を澄ます……って、アレ？　今この歌を歌っている声って瀬奈の声？

トイレに行くと言ったきり帰ってこない瀬奈はおそらくどこかほかの部屋でこの曲を歌っているのだ。

「まったく……あのこったら……よその部屋に勝手に入り込んで……」

あまり迷惑をかけてもいけないと瀬奈の歌声を頼りにさまよう。三つほど離れた部屋から瀬奈の声を確認して、おそるおそるドアを開けてみる。

「あ、あのう……」

「あっ、サラサ！　こっちこっち！」

「ん、もう！　なにがこっちよ！」

覗《のぞ》き込んだ部屋の人達が一斉にこっちを見た。同世代くらいの男性ばかりが四人。お世辞にもあまり垢抜《あかぬ》けているとは言い難い面子《メンツ》ばかりだ。それぞれが楽器を手にしている。ギター、ベース、キーボード。それに驚くことにドラムもだ。さすがにドラムはトレーニング用のものらしくシンプルな作りで音も小さい。

彼らに囲まれた状態でマイクを握った瀬奈が歌うのを止《や》めると同時に、皆も演奏を中止した。皆、ウチの方を見ながら「さ、笹葉更紗《ささばさらさ》だ……」と、まるで物珍しいものを見つけてしまったかのような反応を示す。

「あ、あの……な、なんでウチの名前……」

「だ、だってうちの学校じゃ有名人じゃないですか……」

「ほ、ホンモノだぜ、ム、ムナカタさんもササバさんも……」

もちろん、ホンモノに決まっている。むしろウチのニセモノなんてどこにいるのかこっちが聞きたいくらいだ。そして、その口ぶりから、どうやらうちの学校の生徒らしいことは察しが付く。だけど、瀬奈はともかくとしてウチは一体どんなことで有名だというのだろうか。とてもじゃないが怖くて聞けない。

「ねえ、サラサ！　この人たちすごいんだよ！　本物のフラッパーズだよ！」

「フラッパーズ？」

「あ、あの……僕たちのやっているバンドの名前なんです……」

瀬奈との会話に、ベースギターを抱えた男性が補足してくれる。しかし、そうなると少し腑《ふ》に落ちないことがある。

「え、でも……今の曲って……」

「そう！　そうなのよ！　アタシがネットでたまたま見つけた曲！　気に入ってダウンロードして聞いていたんだけど、まさかうちのガッコの生徒だったなんて驚きだよね！」

興奮気味に瀬奈が言う。

彼らの話を簡単にまとめるとこういうことになる。

彼ら、フラッパーズは今年の四月に芸文館《げいぶんかん》高校に入学したばかりの生徒、すなわちウチらとは同級生になる。

元々バンドをやっていたわけでもない彼らは主にスマホのゲームなどで音楽に興味を持つようになったらしい。高校に入学するやいなや彼らは軽音楽部に入部しようと試みた。

聞くところによると軽音楽部というやつは、放課後にティータイムを楽しみ、ドキドキラキラを味わいながら音楽活動にいそしむことができるらしいのだ。

しかし、あいにくこの芸文館高校に軽音楽部は存在しなかった。そこで学校のネット掲示板で募集をかけて集まったのがこの四人。見事にそろいもそろって同じような境遇で、音楽未経験者ではあったがどういうわけか皆コンピューターの扱いには慣れていた。

彼らは楽器こそ演奏できないものの、打ち込みとかいう方法で作曲をするまでに至った。そして出来上がった曲をコンピューターのヴォーカルに歌わせることでネット上に公開した。

それをたまたま見つけた瀬奈が見事に虜《とりこ》になってしまったらしく、ダウンロードして聞いていたらしいのだ。

たぶん。おそらくだけど彼らの創った曲は高校に入って新生活を始める意気込みを歌にしたものだ。同じ年齢で同じ学校に通う者同士、互いの環境に共通性を感じるその曲に瀬奈は必要以上に共感することになったのだろう。ウチが聴く限り、それほど素晴らしい音楽というわけでは無いように感じる。

しかし、人というものは妙なところがあるもので、彼らフラッパーズは自らが作曲したその音楽を、機械が完璧に演奏することに不満を感じ始めたというのだ。

下手でもいい。自分の手で演奏したいと思い始めたフラッパーズは本物の楽器を手に取り、部室を持たない彼らは日々こうしてカラオケルームに楽器を持ち込んで練習していたのだそうだ。

そこに、たまたま瀬奈が通りかかった。瀬奈は驚いた。まだメジャーデビューもしていない、ネット上でもそれほど注目されていないはずの音楽がカラオケルームの中から聞こえてくるのだ。瀬奈は持ち前の人懐っこさを武器に部屋に飛び込み、すっかり仲良くなって一緒に歌いだしてしまったという始末だ。

ちなみに、バンド名のフラッパーズというのは飛行機の可変翼のフラップからきているらしい。大空を自由に羽ばたくための必需品なのだとキーボード担当が得意気に説明してくれたが、ウチの知る限りではフラッパーズというのはジャズ・エイジと呼ばれるアメリカの1920年代ごろに流行《はや》った前衛的な女性。いわゆるおてんば娘のことを指す言葉だ。『グレート・ギャッツビー』に書かれているデイジーが印象的だ。

週が明け、けだるい一週間が始まる。放課後は毎日委員会で遅くなるが、生徒会長の進行が悪すぎてあまりにも何も決まらないまま日々は過ぎていく。クラス代表の実行委員の誰かが新たな提案をすると生徒会長は「残念だけどそれはできない」と一蹴してしまう。規則と地域住民への配慮という二つの点において不可能であると言っては結局自分の決めた方向に持って行ってしまう。いや、自分のというよりは去年の学園祭で行ったことをそのまま行うように進めているだけだ。

結局何を言っても意味がないのだと悟り始めた実行委員はやがて話に参加しなくなり、机の下でスマホをいじりだす人も少なくなかった。

ウチもその例外ではない。瀬奈がLINEで『どこにいるの?』と聞いてくる。『学園祭の実行委員会　視聴覚室』と生徒会長に見られないように手早く打つ。

それからしばらく会長のつまらない自慢話が続いている最中《さなか》、誰に遠慮することもなく大きな音を立ててドアが開放され、突如瀬奈が入ってきた。教室を見渡し、後ろのほうに座っていたウチに微笑《ほほえ》みながら手を振った。

「誰だい？　君は？　今は委員会の途中なんだが？」

高圧的な態度で瀬奈に迫る生徒会長。

「あ、アタシ……一年F組の……斎藤春奈《さいとうはるな》です！」

ウチの斜め前に座っていた瀬奈と同じクラスの斎藤さんは驚いた様子で何も言えないまま口が半開きになった。

名簿を確認した生徒会長は「斎藤さん、遅刻じゃないか。次からは急いでくれたまえ」と一言。瀬奈は「すいませーん」と言いながらウチの隣に座り、不思議そうにこちらに振り向く本物の斎藤さんへと、立てた食指を口の前においてウインクする。

「ねえ、アタシを探してたって聞いたけど、なにかあった？」

ひそひそ声で聞いてくる瀬奈。

「別に探してないわよ。委員会あるんだし。それに用があったら LINE でもするし」

「ああ、そーなんだ。まあいっか」

そう言って黒板に書かれた先ほどの議題を目にした瀬奈が大きな声で言う。

「ああ、キャンプファイヤーいいわね！　アタシやってみたかったのよね。キャンプファイヤーの前でフォークダンス！」と言いながら、その下に書いてある『不可』という文字に目をやる。「でも、なんでだめなのー？」

眉間にしわを寄せた生徒会長が答える。

「斎藤君。君は遅刻してきて聞いていないだろうからもう一度言ってあげるよ。キャンプファイヤーは火を使うから危険なんだ。だから許可できない。同じ理由でクラスごとの模擬店でも火の使用は禁止しているはずだろ？　それに、校庭でのキャンプファイヤーは近隣住民に迷惑がかかる。よってこれは認められないんだ。わかるね？」

先ほど提案があったときと同じく高圧的に一蹴する。しかし瀬奈はくじけない。

「でもさ、クラスごとの模擬店の火気使用は禁止って言うけれど、アタシたちのクラスは学食で堂々と火を使用してるんだよね。まあそれは調理科の教師が全員防火管理者の資格を持っているからなんだけど、例えばキャンプファイヤーを学園祭の後夜祭のみに行うとかに限定して、その時間帯に資格を持った調理科の教師に立ち会ってもらうとかじゃダメなのかな？　そこのところ、ちゃんと確認は取った？　まだならアタシから掛け合ってみてもいいよ。それに地域住民に対する配慮だとかいってもこんな山の中の学校でそんなに影響あるかしら？　もし、必要ならアタシその地域住民の家に理解と許可を求めて回ってもいいけどな。せっかくの学園祭であれもできない、これもできないっていうのはつまらないじゃん」

「くっ……」生徒会長は歯噛《はが》みしながら「それは僕の方で掛け合ってみるよ。君がやらなくてもいい。僕は生徒会長だからね」と言い、黒板に書かれた『不可』を消して『審議』と書き換えた。

瀬奈の登場で空気が変わった。それまでと違い会長の独断で一蹴しにくくなったことで実行委員の発言は積極的になった。

しばらくして美術家の生徒が立ち上がり発言した。

「美術科で作製した作品を販売したいという意見が出ています。ウチのクラスで行う模擬店はそれを踏まえた画廊喫茶をしたいと思うのですが……」

この発言は、ウチのデジャヴでなければ先ほど全く同じ提案をして会長に一蹴されたはずだ。

「何を言っているんだ君は！　学園祭とは日頃の学業の過程を披露する行事であって、決して営利を目的とした行為は行うべきではないとさっき言っただろう！」

瀬奈は立ち上がる。

「アタシさあ。思うんだけど、模擬店なんてどれも営利目的じゃん？　そりゃあガッツリ儲《もう》けようなんて意志もなくて、それなりに良心的な価格設定で行うことで社会的な商業活動の演習として認めてるっていうのはわかるけどさあ。別に美術科で作った作品を売るってこともおんなじことで、それをやっちゃあいけないってのはおかしくないかな。調理科のアタシたちもそうだけどさ、美術科のみんなだって将来的には自分の作った作品を売って生計を立てるってことを目的として学校に来てるわけじゃん？　だからそれが模擬店とはいえ誰かに買ってもらえるってことはそれだけでアガるでしょ。それに芸大なんかでは普通に生徒の作品が買えるわけだし、なら価格設定に営利目的とはならない程度の上限を設定するとかして、それでどうにか実現できるように努力するのが実行委員の仕事なんじゃないのかな？」

多分一度却下された提案をもう一度言ったのは瀬奈のこれを期待したのだろう。

さすがにこの瀬奈の発言を一蹴するということは自らの仕事を放棄していると言っているようなものだ。

「わかった。掛け合ってみるよ」

瀬奈の圧倒的な勝利だった。

「すごいわね瀬奈は……」

つぶやきながら隣の瀬奈に目をやると、彼女は余裕どころか、机の下の下半身はガタガタと震えていた。そして周りから見えるであろう上半身だけをウチに向けて言う。

「ふふ、ちょっとユウの真似《まね》してみたくなっただけ。アイツ、いつもこんなふうに誰彼かまわず食って掛かるじゃん？」

目を細めて微笑む。

「でも、それはきっと竹久のことを買いかぶりすぎているわね」

ちょっとした嫉妬から出た言葉だ。

「でもさ、キャンプファイヤーやりたくない？　アタシさ、できたかもしれないことをなにもやらないであきらめるっていうのは嫌なのよね」

彼女にとって、やるべきかやらないべきかは問題ではないのだ。問題なのは、できるかもしれないことを挑戦しないでおくこと。

瀬奈の登場で少しは建設的な話ができるようになったのはいいが、そのことで委員会の進行はさらに遅れることになった。クラス代表の委員は学園祭当日はそれぞれどこかのエリアを担当することになる。

「本来なら話し合いとくじ引きでもして担当エリアを決めたかったのだが、今日は少し話し合いが長引いてしまったので、こちらで指名していくことにするよ」

生徒会長のそんな言葉は、瀬奈が余計なことを言うからいけないのだと責任を押し付けようとしているようにも見える。なんて器の小さい男だろう。

ウチと瀬奈は体育館のステージ担当になった。これは彼なりの嫌がらせだろうと思った。体育館のステージは当日各部活動による催事が行われる。吹奏楽部の演奏や各バンドの出演、演劇部による舞台などやることが多い。少なくとも学園祭自体が未経験の一年生二人にその仕事を押し付けるのはあまりに無能な指示だと言える。もしそこで何らかのミスやトラブルが生じた場合生徒会長のミスだと言えなくもないだろうが、おそらく彼にとっては重要なことではないのだろう。しかしそのことで文句を言うのも格好悪いし、できることならばそれを難なくこなすことで見返してやりたいと思う。

その日の委員会はそれでいったん終わったのだけれど、なるべく早いうちに体育館ステージの備品や設備に不備がないかだけでもチェックしておきたかった。後になって不備を見つけても当日までに対処してもらえない場合だってありうる。

会が終わり瀬奈は真っ先に本物の斎藤春奈さんのところに行って謝っていた。成り行きで斎藤と名乗ってしまった瀬奈は生徒会長の星野先輩に斎藤として名前を憶《おぼ》えられてしまい、なおかつ目の敵にされてしまった。一方本物の斎藤さんは名前すら憶えられていなかったわけで、なおかつ本当は実行委員なんてやりたくないと思っていたらしい。誰も立候補者がいなくて勝手に推薦されてしまったのだそうだ。そこで瀬奈は急遽《きゅうきょ》斎藤と名乗って実行委員の代理を行うということで落ち着いた。

体育倉庫は演劇部の部室と兼用のスペースだ。設備の点検をしに中に入ると演劇部員と共に竹久がいた。どうやら竹久たちは演劇部と一緒に劇をするらしい。詳しく聞きたいところだが今は目の前にある作業が優先。瀬奈が話を聞いているので後で瀬奈から聞けばいいだろう。一階は現在取り込んでいるようなので二階から始めることにする。

しかし、これは思いがけない僥倖《ぎょうこう》かもしれない。竹久たちが演劇をするというのならば何としてもそれを見たいところ。しかし実行委員としての仕事があるならそうそう持ち場を離れるわけにもいかず、見られなくなってしまうところだけれど、担当場所が体育館ステージであるウチは堂々と仕事をしながら劇を見ることだってできるだろう。

二階の設備点検はすぐに終わる。どうやら夏休みの間に体育館の改修工事が行われていたらしく、照明や空調などの設備が新品同様になっている。しかし一階に降りようとしたところで黒崎君の姿を発見してしまう。竹久が演劇に出るというのだから黒崎君も一緒に出演するというのは十分にあり得ることだ。

夏のひと時彼とは恋人同士になり、そのあとすぐに別れてしまったことで引いた線を、まだ少し引きずっている。息をひそめ、耳をそばだてて話を聞き、彼らが帰った後で瀬奈と一緒に一階の点検をして帰った。

翌日もまた、委員会が終わったのはもう日が傾きかけた時間。校内の生徒はもうほとんど学校を離れ、おそくまで部活動に精を出している生徒がわずかにいるくらいだ。教室に残してあった荷物を取りに行ってあとは帰宅するだけだ。廊下はもちろん教室にも誰もいないだろう。人のいない廊下で隣にいる瀬奈は鼻歌を口ずさんでいた。

『フライングマイガール』

先日カラオケ店で出会った軽音楽部――いや、軽音楽同好会のオリジナルソングだ。瀬奈はなりゆきで彼らのバンドのヴォーカル役を引き受けることになったのだ。今年の学園祭での演奏を目指しているらしい。散々練習に付き合わされているうちにすっかり耳になじんでしまい、気が付くと時々ウチも口ずさんでしまうことがある。いざ聞きなれてしまうと愛着もわき、案外いい曲なんじゃないかと思えてきた。

教室に入るとまだ竹久がいた。

「竹久、まだいたの？」

「笹葉さんお疲れ。こんな時間まで委員会？」

「うん……でも、ほとんど意味のない話し合いだけでなんにも決まっていないわ。このまま学園祭、間に合うのかしら」

「ごめんね。なんか押し付けちゃったみたいで」

「ううん、そんなこと……ウチが自分でやるって言い出しただけのことだから」

押し付けられたわけでは無い。黒崎君や竹久から逃げるために自ら買って出たのだ。

「あれ、ユウ。まだいたんだ」

瀬奈が遅れて顔を出す。

竹久も今から帰るところらしく駅まで一緒に帰ろうと思ったが、瀬奈は「アタシ今からちょっと用事あるんだ。ゴメンね」と立ち去ってしまい、流れ的にウチが竹久と二人で帰ることに。そんなことで別に気持ちがうわずったりなんかしない。だって竹久はいなくなってしまった瀬奈に「フラれちゃったかな」とつぶやく。はじめから瀬奈のことしか見ていないのだ。

どうやら竹久は瀬奈がバンドをすることを知らないらしい。あえて秘密にしておいて当日驚かせようとでもしているのだろうか。ならばウチの口から言うべきことではない。それに竹久にしても思いを寄せている瀬奈が毎日別の男たちと一緒に過ごしているなんていう話を聞かされて良い気がしないだろう。

二人きりでの帰り道、竹久は演劇の舞台脚本を見せてくれた。

『リア王』をモチーフにしたその物語。

自分の気持ちに素直になれないリア王がその場の成り行きで意中の相手とは別の人と結婚してしまうというはじまりだ。

――このリア王はウチのことだ。

その衝撃的な感想に気が動転してしまい、思わず樹《き》にぶつかりそうになってしまった。さすがに歩きながら読むのはいけないことだと脚本を閉じた。

家に帰ってその日の夜。竹久は脚本のデータをメールで送ってくれた。感想を聞かせてほしいのだという。お風呂から出た後リラックスした状態で、改めて脚本に目を通す。

急死してしまった父王の後を継いで王に即位した若きリアは結婚相手を選ぶことになる。母親はリアの結婚相手として、同じモンタギュー家の従妹《いとこ》、王弟の娘であるゴネリルを推す。しかしリア王には想《おも》いを寄せる相手があった。モンタギュー家とは仲が悪く、国家転覆をもくろんでいると噂《うわさ》のキャピュレット家の令嬢コーデリアだ。その事情を知るリア王の側近ケント伯は国家の安定をはかるためにもコーデリアを王妃として迎え、永く続く両家の確執を取り払うべきだと進言する。そこでリア王は形だけでも取り繕うため直接二人の女性を呼び寄せ、自分に対する想いの強い方と結婚すると言い出した。

当然、リア王の心づもりは初めから決まっている。二人が何と言おうとコーデリアを選ぶつもりだった。しかしリアに優しく想いを寄せてくれるゴネリルと、あまりにも自分に対してそっけないコーデリア。腹を立てたリア王は勢いでゴネリルと結婚してしまう。

――リア王の自分勝手な行動はまさにウチそのものだ。

物語はその後、『ロミオとジュリエット』『ハムレット』の世界観が混合されてくる。コーデリアがリア王に対しそっけない態度をとるのは、コーデリアの兄であるティボルトの奸計《かんけい》によるものだった。

「本当にリアがお前のことを愛しているのならば、お前が何と言おうとリアはお前のことを選ぶはずだ」

ティボルトのその言葉に従ったコーデリアの思惑は外れ、悲しみに打ちひしがれる。

一方、王弟であると共にリア王の義父となったクローディアスはその権力を一層強め、リア王の意見はないがしろにされるようになる。クローディアスはキャピュレット家の弾圧を強め、リア王はティボルトと決闘して毒をぬった剣でティボルトを突く。死の際にあるティボルトにコーデリアのそっけない態度が本心ではなかったと知らされたリア王はキャピュレット家の窓の下でコーデリアに愛をささやき、すべてを捨てて駆け落ちをしようと持ちかける。

　コーデリアとの駆け落ちを実行する日、リア王のもとに現れたのは父王の幽霊だった。父王の死の原因が母ガートルードと王弟クローディアスによる暗殺であったと聞かされる。怒りに燃えるリア王は急ぎ王弟クローディアスの寝室へ駆けつける。そこで王弟と母の不義を知り、リア王は母とクローディアスを殺してしまう。

　王家の混乱を招いたのはまぎれもなくリア王であり、その罪はたとえ王であっても免れることはならない。側近ケント伯は「処刑台を王家の血で染めるようなことはあってはならない」と主張し、リア王は王位を剝奪《はくだつ》され国を追放される。

　ひとり取り残され、別の人との結婚を強引に決められてしまったコーデリアのもとにケント伯がやってくる。

　手には一つの薬瓶がある。この薬を飲めば一時だけ仮死状態になるので、その間に葬儀を行い、遺体を町はずれの霊廟《れいびょう》に安置する。そして薬の効果が切れて蘇《よみがえ》った後、町を離れて暮らすリアと一緒になればいいと提案する。

　予定通りにコーデリアの葬儀は執り行われるが、ケント伯の遣いと入れ違いになったリアはコーデリアの訃報を聞いて霊廟へと駆けつける。

霊廟の中で冷たくなって横たわるコーデリアの前でリア王が自害しようとする……という結末は『ロミオとジュリエット』の通りだ。しかし、この物語は最後が変更されている。

『ロミオとジュリエット』の物語では、生き返り、ロミオの死を知ったジュリエットが短剣を胸に刺して悲劇的な結末になるのだが、この舞台の脚本では最後に自害しようとするリア王を前に意識を取り戻したコーデリアがリア王の自害を止め、ハッピーエンドとなっている。

もちろん、都合の良すぎる結末なのかもしれないが、あまりに悲劇的な結末というのも学園祭の劇としては後味が悪いかもしれないので、これはこれでいいのだろう。

翌日の実行委員会の時、瀬奈が相談をもちかける。

「昨日さ、ユウに演劇を手伝ってくれないかって頼まれちゃったんだよね。どうすればいいかな？」

聞けば昨晩、例の脚本は瀬奈のところにも送られていたらしく、瀬奈にはゴネリルの役をやってもらえないかと頼まれたらしい。

「どうすればいいかなって、瀬奈、そんな時間あるの？」

「うん、それなんだよね。演劇を手伝いたいっていう気持ちはあるんだけど、実行委員もあるし、バンドもやらないといけないんだよね」

「瀬奈、竹久にバンドのことまだ言っていないの？」

「うん。本当は当日に驚かせたいっていうのはあったんだけど、さすがに黙っておくのは無理みたい」

「まあね。竹久もバンドをやるっていうことを知っていれば無理に手伝ってほしいとは言わないだろうけれど」

「せめてもう少しセリフの少ない役ならねえ。このゴネリルって、ほとんど準ヒロインっていう立場じゃない？」

「そうね、あの脚本ではリーガンは出てこないから女性キャラクターはメインがコーデリアでゴネリルが準ヒロインね。後は、リア王の母親役のガートルードくらいかしら？　これは『ハムレット』の登場人物ね」

「せめてそのガーターベルトくらいのセリフなら覚えられなくもないんだけどね」

「ガートルードね。でも、瀬奈には役不足にも感じるわ。不倫をして夫を殺す役なんて」

「役不足……。アタシって信頼ないんだ。確かにアタシはシェイクスピアのことはよく知らないけど……」

「あ、瀬奈。役不足っていう言葉の意味、瀬奈は少し勘違いしているかも」

「勘違い？」

「うん、役不足っていうのは演者に対して役のほうが不足しているという意味で、つまり瀬奈ならもっと重要な役を任せたほうがいいという意味。瀬奈は信頼されているっていうことなのよ」

「あは？　なんだ、やっぱりそうなんだ！　うーん、でもそう言ってもらえるのはありがたいんだけどさ、やっぱりゴネリルっていう役はセリフが多いよ。それにさ、なんかよくない？　愛のためならどんな悪事でもやってしまうような女」

「殺されちゃう役よ？」

「肝心なのは生きるか死ぬかってことじゃないよ。そこは大した問題じゃない。要は自分の意志を貫いたかどうかっていうことなの」

「生きるか死ぬかは問題じゃない？」

「そうよ。ほら、例えば好きな人がいるでしょ。その場合やっぱり告白する以外の選択肢はないわけ。成功するかしないか。つまり生きるか死ぬかが問題なんじゃなく、告白することもなく、ずっと内に秘めていたんじゃいつまでたっても浄化されないでしょ。きっとずっとしなかったことを後悔するのであって、どのみち負けが確定しているわけ」

「そう。つまり瀬奈は好きな人がいれば迷わず告白するってわけね」

「それはもちろんそうよ……」

「すごいわね。まるで告白すれば必ず成功する自信を持っているみたい」

「成功するかどうかは別にして、その人のことを好きだっていう気持ちは誰にも負けないという自信はあるわ。少なくともユウの書いたこの脚本のゴネリルはそう考えていると思うの。勝つか負けるかなんてはじめからこだわっていない。ただ、リア王のことが好きだからその想いを伝えておく、みたいな？」

「でも、セリフは長いからやりたくない？」

「半分は嘘《うそ》。本当は負けヒロインなんてやりたくないっていうのもあるかな。それにやっぱりセリフが多いから練習もしなくちゃならないだろうけど、バンドの練習もしなきゃだし」

「それに実行委員の方もね。少なくとも瀬奈は斎藤さんの代わりにここにいるわけだし、斎藤さんに負けないくらいの仕事はしないといけないのよ。それに、あんたはどんどんと実行委員の仕事も増やしているみたいだし」

「だってえ、せっかくだからキャンプファイヤーやりたいじゃーん」

「はいはい。しっかりやりましょうね」

「うーん。あ、そうだ。ゴネリル役、サラサがやればいいんじゃない？」

「ウチだって実行委員の仕事があるのよ」

「でも、バンドはやらないでしょ？」

「瀬奈を基準に考えないでよ。普通の人はそんなにあれやこれやはできないのよ」

「でも、ユウはサラサがやってくれるっていうなら喜ぶと思うなあ」

「簡単に言わないでよ」

「サラサなら、ゴネリル役が似合うと思うんだけどなあ」

「なあに？　それはウチには負けヒロインがお似合いって言いたいわけ？」

「あは？」

「そもそも生徒会長がなんて言うかしら？　本来ステージ上の管理をしなければならないウチらが実際にステージに立つなんて許してくれるかしら？」

「あー、アタシ。どのみちバンドで立つんだけどね。まあ、実行委員は斎藤名義でバンドをするのは宗像《むなかた》名義だから多分ばれないと思うけど」

「いいじゃないか。せっかくなんだからステージで演劇をやるといいさ」

許可は出ないんじゃないかと思いながら生徒会長に相談したところ、すかさず了承してくれた。しかも——。

「当日はぼくもステージの管理を担当するつもりだ」

「え、会長もですか？」

「だってそうだろう。ステージの管理は実行委員の仕事の中でも最も大変な仕事だ。やる気のある君たちのことだからきっとうまくやってくれるだろうと任命したが、さすがにぼくも責任者として立ち会うようにしてある。だから君たち二人が演劇に出演するというのならば、その間は大船に乗ったつもりでぼくに任せておいてくれたまえ」

もしかすると、ウチはこの生徒会長星野という人物の評価を改める必要があるのかもしれない。

よし、ならばやってやろうじゃないか負けヒロイン役！　戦わずして負けるよりはずっとましだ。

その夜、竹久に演劇の配役について聞いてみた。瀬奈はすでにゴネリル役が無理だと言ってガートルード役なら参加してもいいということを伝えていた。ゴネリルは、誰かほかの人にやってほしいと言われて頭を抱えていたそうだ。

「ねえ、ゴネリルの役、ウチでよければやってもいいのだけれど……」

「え、笹葉さんが？」

「ウチではだめかしら？」

「い、いや、そういう訳ではなくて……」

竹久は言葉を濁す。考えてみればウチなんて初めからお呼びではなかったのかもしれない。そもそもあまり社交的ではなく瀬奈のように通った声が出せるわけでもない。ウチなんかが参加したいだなんて言うのはおこがましいことだったのかもしれない。

「うん、わかった。笹葉さんがそう言うのならばぜひお願いしたい。その……もしゴネリル役のセリフであまり言いたくないようなものがあったら遠慮なく言ってくれ。舞台に支障が出ない範囲でなら書き換えるようにするから」

「わかったわ。ありがとう」

言ったからにはもう逃げるわけにはいかない。何がなんでもうまくやって見せる必要がある。

ウチが参加することでキャスティングはおおよそ決まった。舞台の主演となるリア王役が黒崎君。叔父のクローディアスが脇屋《わきや》先輩、敵役のティボルトが部長の平澤《ひらさわ》先輩だ。特にこの三人は殺陣《たて》のシーンがあるため経験者以外が演じるのが難しい。二人の演劇部員はともかく黒崎君は演技の経験はないのだけれど、きっと彼なら大丈夫だろう。なにをやらせてもとても器用にこなすことはもちろん、努力は人一倍怠らない人だ。リア王の忠実な側近ケント役は竹久が演じる。

女性陣はメインヒロインとなるコーデリアを葵《あおい》先輩。負けヒロインのゴネリル役がウチで、リア王の母のガートルード役を瀬奈が担当。その他父王や遣いなどの端役は、そのタイミングで舞台に上がっていない誰かが演じるという方法でどうにかなりそうだという話だ。なにしろ、人がいないのでしょうがない。誰か一人でも欠ければきっと幕は上がらなくなってしまうだろう。

学園祭までは残り三週間ほどの期間しかなく、メンバーのほとんどが素人同然。放課後は毎日閉校時間ギリギリまで猛練習が行われた……らしい。

ウチと瀬奈は、毎日の実行委員会が閉校時間ギリギリまで長引いて練習には参加できない日々が続く。委員会全体の打ち合わせも、そして体育館ステージのエリア担当の打ち合わせも共に生徒会長である星野先輩が取り仕切る。しかし相変わらずこの人は自分の話ばかりをして何も決められないまま時間を溝に捨ててしまわなければならないという問題を抱えている。

日によっては閉校時間を過ぎてなお場所を校外の喫茶店などに移して意味のない延長戦を繰り広げなければならないこともある。ウチも色々と無理を聞き入れてもらっているという負い目もあって、なかなか断ることもできない。

結果、みんなと一緒に練習に参加することはままならない。みんなは気を遣って気にすることはないと言ってくれているが、みんなと合わせて練習できないということはあきらかに迷惑をかけている。瀬奈は相変わらずなんでも器用にこなし、短い練習時間でガートルード役をほぼ完璧にこなしていく。対してウチは発声すらままならない状態だ。元々が大きい声を出すこと自体にあまり慣れてはいない。瀬奈のように人前で大きな声を出して歌うなんて到底できないことだ。はっきり言って演劇というものを甘く見すぎていた。明らかに自分がみんなの足を引っ張っていることを自認する。

最低限、発声練習だけでもしておかなければならない。しかし世の中に意外と大きな声を出していい場所というのは少ないのだ。ひとの行きかう路上はもちろん、団地である自宅もまた大きな声を出して許される場所ではない。夜中の公園などひとけのないところに行ったとしても、そんなところで演劇用のセリフ（ましてやリア王への愛の告白）など大きな声で言っていたとしたら警察に通報されてもおかしくはない。いや、通報されなかったとしても誰かに聞かれてしまっているかもと思うだけでゾッとしてしまう。

では、校内ではどうだろう。放課後の旧校舎では皆がそろって練習しているわけだが、あいにくウチはその時間に委員会に出席していなくてはならない。昼休みの時間にでもどこかひとりになれる場所がないだろうかと考えた挙句、一か所だけ人の来ない場所が頭をよぎった。

校舎の屋上踊り場に上がり、ドアを開けてあたりを見渡す。案の定誰もいない様子だ。万が一に備え、唯一の出入り口であるドアに背をあずけ、隠し持っていた脚本を開いてゴネリルのセリフを指でなぞる。

まずは開幕のシーン。リア王に呼ばれたゴネリルとコーデリアとが順番にリア王に愛の告白をするシーンだ。先にゴネリルが告白し、そのあとでコーデリアがそっけない態度を示す。

ゴネリルが告白する時点で彼女は望みが薄いと知りながらも、精いっぱい想《おも》いを伝えなければならないのだ。

〝ああ、リア王様。初めてお会いした時からわたしはあなたのとりこ。あなたという存在を知ってしまったこの瞳は、もはや虹を見てもその色を感じず、星のまたたきを見ても胸躍らせることもありません〟

思った以上に声は出ない。それどころか怯《おび》えるあまり声は震えているし、声量を探るあまり声はセリフの途中で大きくなったり小さくなったりしている。

安易な気持ちで演劇をやるなんて引き受けてしまったことを少しだけ後悔する。

大きくひとつ深呼吸して、脚本のセリフのはじめをもう一度指でなぞる。

「ああ、リア王様。初めてお会いした時からわたしはあなたのとりこ――」

そこまで言いかけたところで、「オレもだよ」という声が響き渡る。

びくっとしてセリフを止め、声のする方向、屋上の給水塔の奥に目をやる。いぶしたような匂いが風に乗って届く。そのにおいだけで、そこにいるのが誰だかわかったような気がする。

給水塔の裏からひょっこりと、とても目鼻立ちの整った顔がのぞく。ネクタイは緑色で二年生のものだとわかる。彼とは以前にもここで会ったことがある。ウチとは別の理由でこのひとけのない屋上をお気に入りの場所にしているらしい。

整った顔でウチのことを少しの間見つめ、「奇遇だな。オレも初めてあんたを見た時からとりこなんだよ」と、まじめな顔で言い終わると、急にくしゃっと顔をゆがめて「ははははは」とバカにしたように笑う。

顔を一瞬にして赤くしてしまったウチは逃げ出すように扉を開けて屋上から立ち去った。

ひとりになれる場所なんて、意外と少ないものだ。

ましてや、大きな声を出して誰にも聞かれないような場所なんて……

その日の放課後、委員会は比較的早くに終わった。少しは演劇の練習に参加できるかと思っていたのだが……

「アタシ、今日のうちにちょっとでも回っておくわ」

瀬奈が言った言葉に「どういうこと？」と問いただすと、

「うん、自分で言いだしたことだしね。今日のうちに校内でのキャンプファイヤーの開催について少しでも近隣住民の理解を得ようと思って……」

聞けば星野会長からは近隣の住民からの理解が得られるのならばＯＫという返事をもらったらしい。校内の防火管理については星野会長が動いてくれていたようだ。

「――待って。それならウチも一緒に行くわ」

気づけば誰もが自分に与えられた任務を一生懸命にこなしているのに、ウチだけが何もせずにいることが許せなかった。瀬奈の仕事にウチ一人がついていったところでなんの役に立つかもわからないけれど、瀬奈の「うん。助かる」と微笑《ほほえ》んで言ってくれる言葉だけで少しだけ報われる自分がいる。そんなの、たいして価値のあるものじゃないけど……

近隣住民の反応は上々だった。反対したり不服を言うものは誰一人としてなく、皆が皆口をそろえて「頑張ってね」と優しい声を掛けてくれる。それは近隣住民の理解があるというよりも、ひとえに瀬奈の社交的な物言いのたまものだろう。もしウチが先陣を切って話していたならば一律真面目で辛気臭い言い方をして、近隣住民に「火を使うなんてそんな危ないことを――」などとつまらない心配を与えてしまったかもしれない。しかし瀬奈は、時には明るく元気に、時には真面目で丁寧な言葉遣いで、そして時には弱者が相手に物乞いをするようなまなざしで協力をお願いする。相手に余計な不安を与えないように世間話をしたりする。相手の性格を瞬時に判断して自分のありようを変えて見せているようでもあった。しかし本人は、そのことについて一向に自覚がないというのだ。

ある家に訪問したときのことだ。学園祭の後夜祭でキャンプファイヤーを開催したいことの説明を受けた四、五十代の女性は言った。

「あら、でもそれって少し縁起が悪くないかしら？　ねえ、だってほら。ねえ、お母さん」

女性は玄関先の隣の和室にいた母親らしき老齢の女性に声を掛けた。老齢の女性は曲がった腰を引きずりながら玄関まで出てきて昔話をしてくれた。

「そりゃあ、若い子なんかは知りゃあせんじゃろうけどなあ。金山《かなやま》（ウチの学校がある山の名前）には昔神様がおる言われとってなあ。昔は神の山と書いてカナヤマじゃった。山の上にはお堂があってな、そこには村から若い娘が一人巫女《みこ》として選出されてな、一生を一人でそのお堂で暮らしながら村を見守るっちゅう風習があったんじゃ。そんで年老いて巫女ができんようになったら山を下りて、また別の娘が巫女として選ばれるという風習じゃ。

じゃけどな、そりゃあ年ごろにもなると恋のひとつやふたつするわな。村の若い男とな、巫女が恋仲になってしもうて男は夜な夜な山の上のお堂に忍び込んどったちゅう話じゃ。それを知った村のもんはどうにかしてその二人を引き離そうと必死になってな。最後には二人お堂に火をつけて心中してしもうたんじゃ。それ以来、金山の巫女の風習はなくなってしもうたんじゃけどな、そのお堂の後に建てられたんがアンタらの学校という訳じゃ」

そんな話は一度も耳にしたことがなくて、それは多分瀬奈にしても同じだろう。ましてや、その話をはじめから知っていたなんて思えない。

丁寧に語ってくれた山の伝説に、ウチは確かに縁起が悪いような気がした。しかし瀬奈は違った。

「だからこそなんです！」

老齢の女性をまじまじと見つめた瀬奈は思いもよらぬことを言い出した。

「山の巫女の魂は今もあの場所で街を見守っていると思うんです。だからこそ、私たちは毎年学園祭を無事に終えることができた感謝のいのりを捧《ささ》げるためにキャンプファイヤーをすることで、鎮魂の儀式にしたいと思っているんです！」

思い付きの口から出まかせ。それを真に受けた母娘《おやこ》は納得してキャンプファイヤーの開催を承諾してくれた。最近瀬奈のそういうところが竹久に似てきているように感じる。

そして帰り道で瀬奈はそっとつぶやいた。

「うん、今の話。使えるわね」


放課後の学校に戻るが、演劇部の練習も終わり解散してしまった様子。まともに演劇なんてやったことの無いウチはまったくの我流でなんとなくの練習をしてこそいるが、せめて誰かに聞いてもらってどうすればいいかのアドバイスくらいは欲しかった。いまだにろくな発声すらできないでいる。もう帰ってしまった竹久を呼び出したりするなんて申し訳なくてとてもできないし、瀬奈もバンドの練習をすると言ってカラオケルームに行ってしまった。

たしかにその場所ならば誰かに気を遣うこともなく大きな声を出すことができる。

——ん？　カラオケルーム？

カラオケ店のエントランスをくぐると陽《ひ》が沈みかけてあたりは暗くなり始めているというのに多くの人達がにぎやかに活動をしていた。いや、むしろこれからがお店がにぎわう時間なのだろう。どこの部屋かはわからないが人気の曲をふざけた替え歌にしてはしゃぐ男の声が響く。ちょっと筆舌に尽くしがたい卑猥《ひわい》な言葉を叫んでいる。きっとこれほどまでに声が漏れていることなど本人は気づいていないのだろう。それを考えると果たしてカラオケルームは本当に人のことを気にしなくてもいいのかどうか疑問に思う。

受付の前に立つと、ギャルメイクの店員が「何名様ですか」と抑揚の欠いた声で質問してくる。その返事に少しだけ戸惑った。

ひとりカラオケはアリかナシかについて話をしているのを聞いたことがある。「カラオケは歌を歌うという目的よりもみんなで盛り上がりたいという目的の方が大きいから、一人で行っても面白くない」という意見に対し「むしろみんなで行くときのためにひとりで練習しに行くのだ」という意見。それに「いや、そもそも一人で行った方が同じ時間でたくさん歌えるし、大勢で行った方が一部屋あたりの値段が高くなるというのは理屈が合わない」という意見などさまざまだったが、ウチの考えはそのどれよりもつまらないものだ。

そもそも、ひとりでカラオケには行かない。行かないというよりは行けないのだ。「何名様ですか」なんてそんなことわざわざ聞かなくたって、見ればひとりだということくらいわかりそうなものだ。それをあえて何人かだなんて聞かれるのは、まるで自分は友達がいなくてひとりで淋《さび》しくやってきたのですと自己申告をさせる辱めを受けているように思えてしまうのだ。

今日自分には明確に演劇の練習をするという意志があってここまで来て、それを忘れていたが、店員の質問で思いだし、急に恥ずかしくなって硬直してしまった。

「ふたりです」

ウチの頭上で透き通った声が響いた。

振り返るとそこにはあの学校の屋上で出会った一つ先輩の男子生徒がいた。同じ学校の制服を着ているし、店員は自分とこの先輩とが同じひとつのグループなのだろうと誤解したのだと気づいた。しかし、どう見ても先輩はひとりで、『ふたりです』と言ったその相手がどこにいるのかわからなかった。

「327号室です」

抑揚を欠いた声とともに差し出されたリモコンとおしぼりの入った籠を受け取った先輩

は、「だってさ」と言いながらウチに目配せしてそそくさとエレベーターホールの方へ一人で歩いて行った。

先輩のもうひとりが自分なのだと気づき、自分がどうしてよいのかもわからないままとりあえず急いで先輩を追った。

もしかすると恥ずかしがって躊躇《ちゅうちょ》していたウチを見かねて救いの手を差し伸べてくれたのかもしれない。沈黙に沈む二人きりのエレベーターで「あの……ありがとう……ございます」と小さくつぶやいた。

「はん？」

先輩はなんのことを言っているのかわからない様子でひとことだけつぶやいた。

３２７という表札の部屋に入る。

「あの……ありがとうございます。あとは、その……大丈夫なので……」

先輩はウチの言葉を聞き入れることもなくそのままソファーに腰をおろし、馴《な》れた手つきでリモコンを操作する。音楽が流れ出す。流行には疎いウチでも知っているような有名なヒット曲だ。

臆することなく歌い始めた先輩の歌はお世辞を抜きにしてかなりうまい。というよりも、むしろ響きのあるその声は聞いているだけで心地が良くなる。ウチも思わずソファーに腰かけ、一曲が終わるまで聞きほれてしまった。

「はい、じゃあ」

先輩がウチに向けてリモコンを差し出す。そこで、ようやく我に返り何かが間違ってしまっていることに気づく。

「あ、あの……すいません。ウチは……今日、カラオケを歌いに来たわけじゃないんです。その……勘違いさせてしまったのならごめんなさい」

「っんだよ」軽く舌打ちをした先輩は今度は黙ってウチの目を覗《のぞ》き込む。息をのむような鋭い眼光だ。

「じゃあ……演劇の練習でもしに来たのかな？」

そう言って、今度はまるで別人のようににっこりと笑って見せた。あまい表情に、思わずうっとりとしてしまう……と、いうか、

「な、なんでそのことしっているんですか！」

「なんでって、今日の昼休み屋上で練習してたじゃん。あれ、リア王？　やめとけよ。あんな演劇部、どうせ手伝ってやったってロクな演技なんてできやしないんだ。なにもアンタまで一緒に恥をかく必要なんてないだろ？　そんなことよりさあ、オレと……」

冷笑したような態度に思わず気持ちが沸点に達してしまう。先輩ではあると理解しつつ

もいつしか声を荒らげてしまっていた。

「どうしてそういうこと言うんですか！　人がせっかく一生懸命やっていることを部外者が偉そうなこと言わないでください！　あなたに何の権限があってそんなことを！」

「はあ？　何の権限だって？　そりゃあアンタ……え？　もしかしてアンタ、オレのこと誰だかわかってない？」

「え？　あなたが誰かなんて、まだ名前だって聞かされた覚えもないわ」

「ハッ、まいったな。オレくらいのいい男、みんな知ってると思っていたんだけどな」

「あいにく、ウチの周りにはいい男というのが間に合ってるもので」

「ふーん、あの、黒崎とかいうやつか？」

「そう、有名なのね黒崎君……」

「オレほどじゃないだろうけどな」

「そう……でも、それだけじゃないわ」

「あん？　ほかに、オレくらいのいい男なんていたっけかな？」

「いるわよ……そのくらい」

――もちろん。それが誰かなんて言わない。それにたぶん、その人の名前を出したところでこの人は納得なんてしないだろうし……

「――まあいいさ。俺の名前は城井《しろい》だ。城井、将彦《まさひこ》」

「……シロイ？　マサヒコ……」

たしかにその名前には聞き覚えがあった。二年生で演劇部のエース。たしか平澤先輩が衣装を燃やしてしまうという失態をさらしたことにより、怒って部をやめると言い出した張本人だ。

「なんだ。やっぱり知ってたのか。オレのこと」

「ええ、それは……だって、演劇部を窮地に追いやった張本人じゃないですか」

「ふっ、オレが悪者かよ……。ま、確かにそうかもしれないけどな」

不貞腐《ふてくさ》れた城井先輩は、脇に置いていた鞄《かばん》をがさごそとやり、奥の方から手の平サイズの箱を取り出した。その中から一本取り出して口に咥《くわ》え、箱を投げ捨てるようにテーブルの上に置いた。ポケットから使い捨てのライターを取り出し、火をつけようとする。

「ちょ、ちょっとやめて下さい。こんな狭いところでそんなもの！」

「んだよ、うるせえな」

「だってそうでしょ！　国の法律だって――」

いいながら、ふと気が付いてしまった。今回の演劇部の崩壊に関する出来事の真相……ウチは一瞬にしてクールダウンし、あえて冷たい口調で言った。

「やっぱり……悪者は城井先輩なんじゃないですか……。あの小火《ぼや》騒ぎは、平澤先輩が犯人なんかじゃないわ」

その言葉を聞き、城井先輩は何も言わずウチの方へと視線を流した。それ以上は言うなと言っているのがわかるが、もちろんウチはそんなことに躊躇なんてしない。

「先日、おかしいなって思ったんです。ウチは学園祭の実行委員で体育館の担当だったから、会場の設営のため寸法を測りに行ったんです。そしたら、なんだか以前よりも体育館全体が白っぽいなあと思ったんです。それで、少ししてわかったんです。あの体育館の照明、全部LEDライトに替わっていたんです。生徒会長に言って資料を見せてもらったら、たしかに夏休みのはじめに体育館全ての照明がLEDに付け替えられていたんです。

おかしいですよね？

平澤先輩が小火を起こしたっていうのは七月の終わりのころの話なんです。LEDの照明で収斂《しゅうれん》現象なんて起きますか？　本当の火事の原因は、もっと直接的なものだったんじゃないでしょうか。もっと確実に、引火してしまうような火元がそこにあったんじゃないですか？」

真剣に迫るウチの表情を見て、城井先輩は笑った。そして罪を認めるでもなく謝るでもなく意外なことを言い出した。

「さあ、演劇の練習を始めようか」

「ちょ、ちょっと待ってください。何でそういうことになるんですか」

「オレが直々にお前の演劇のコーチになってやんよ。今日、アンタはここに演劇の練習をしに来たんじゃなかったのか？」

「もしかして、口止め料ってことですか？」

「ちげーよ。そんなんじゃない。アンタには素質があるって言ってんだよ。だから、オレが直々にコーチしてやる」

「い、言ってる意味が……」


ともあれ、演劇部のエースである城井先輩が直々に指導してくれるというのは、あまりみんなと一緒に練習のできないウチにとって悪い話ではなかった。

「このことは他の連中には絶対に秘密にしておいてくれ」

という彼の言葉の裏には、もしかすると自分の罪を認めながらもそれを言い出せない気持ちがあるのかもしれない。だからウチに対してコーチ役を買って出ることがせめてもの罪滅ぼしだと考えているのだろうか。

知ってしまった真実を誰かに言うべきか、言わざるべきか、それはきっとたいした問題ではないだろう。今更事実を知ったところできっと誰もが自分の次にとるべき行動に迷ってしまうだけで、なんら根本的な解決にはならないだろうし、そもそもウチはそんな役回りのキャラではない。

そして秘密が守られたことによりそのまま何事もなく時は過ぎ、学園祭前日を迎えた。正直、自分の演技力は格段に向上したと思う。皆の足を引っ張らないで済むくらいにはきっとなれただろう。

学園祭の前日は多くの生徒が準備のために遅くまで学校に残り、学校側もそれをやむなしと認めている。夜の八時を過ぎると九月末の空はすっかり真っ暗に染まり、冷たい風が山の中腹の校舎を通り抜けるようになる。

日中の暑さしか経験のない生徒たちは上着を持たないままに夜の作業をこなしつつ「さむいさむい」と愚痴をこぼしながらも、それはどこかお祭り騒ぎの延長のように楽しんでいるようにも見える。

委員会の仕事を終えてから演劇の準備に合流し、ようやく一段落ついて解散しようとなったのはもう夜の九時を回っていた。ウチと黒崎君と竹久の三人で、クラスの出し物のコスプレ喫茶用に装飾された教室に荷物を取りに寄る。教室を出ようとするとき、ウチはかねてからの計画通りに竹久を呼び止めた。

「あ、ごめん竹久、今日のうちに確認しておきたいことがあったんだけど、ちょっといいかな」

白々しくも演劇用の脚本を取り出して見せるウチ。

「ああ、それじゃあ俺、先に行っとくわ」

黒崎君が教室を出て行き、夜の教室に竹久と二人きりになる。

「どうしたの？」

あっさりとした口調でウチの傍《そば》に寄ってくる竹久。きっとあなたは、ウチのこの胸の高鳴りなんて気づいてもいないのでしょう。

本当はこんなこと、やるべきかやらざるべきか随分迷ったのだけれども……

シェイクスピアの物語は、不義を働く女性を許さない傾向があると思う。

『ハムレット』のガートルードは父の遺志とは別に殺されてしまうし、リア王に辛辣な言葉を言ったコーデリアも死んでしまう。『オセロー』のデズデモーナに関しては不義の疑いだけで殺されてしまうのだ。

だとしたら、やはりウチなんて生きてはいられないのだろう。万死に値する行為だったと言ってもいい。だけれどもはやこの想《おも》いは、生きるだとか死ぬだとかそういうことはもはや問題ではないのだ。シェイクスピアの劇に登場するヒロインたちだって、皆そんなことを気にしてなどいない。自分の信じたことをやり遂げるだけのことなのだ。

ウチは脚本を開き、ゴネリルの最初のシーンのセリフを指で指す。リア王の従妹《いとこ》にあたるゴネリルが愛を告白するシーンだ。

そのセリフを指でなぞりながら言ってみる。

「ああ、リア王様。初めてお会いした時からわたしはあなたのとりこ――」

「うん」

竹久が小さくうなずく。

「これ、少し変じゃないかな？」

「そう……かな？」

「ほら、だってゴネリルはリア王の従妹という設定なわけだし、きっと幼いころから何度も会っているはずよね？　なのに初めてお会いした時から――というのは少し変じゃないかしら？」

「——ああ、たしかにそうだな。どうしよう」

「ウチね、差し出がましいようなんだけど差し替えのセリフを考えてみたのよ」

「さすがだね。で、どんな？」

「うん、それでね、ちょっと……本番のための練習がしたいの。少しだけ付き合ってくれないかな」

「もちろん」

「じゃあ、リア王役をお願い」

「うん、わかった」

——なんてウチは小賢《こざか》しいのだろう。つまらない茶番の演出に自身で呆《あき》れ返《かえ》ってもいるが、それでもこれはこれで自分自身必死でもあるのだ。

ウチの正面に立った竹久は、手に脚本を持たずにじっとウチの方を見つめてリア王のセリフを言う。少し恥ずかしいが、きっとその方が都合がいい。もちろんウチもカンニングペーパーは持っていないし、必要もない。自分の心の内を言えばいいだけのことなのだから……

「ではゴネリル。君の気持ちを言ってくれ。君はわたしのことをどう思っているのだ？」

緊張が背筋を這《は》う。軽く深呼吸をしてリア王を、いや、竹久を見つめる。

「はい、リア王様。あなたはお気づきになんてならなかったかもしれませんが、わたしはずっと以前からあなたのことを見つめていました。しかしそれを恋だと気づくには少しばかり時間がかかってしまったかもしれません。

相手の身分を問わず等しく皆に気づかいのできる、そんな優しさを持ったあなたに惹《ひ》かれていったのかもしれません。

あなたはお笑いになるかしら？　今もこうしているわたしの胸があなたに焦がれる思いで張り裂けそうになっていることを？

いいえ、わかっております。あなたには想いを寄せている人が別にいることくらい。

それでも、こうしてこの想いを打ち明ける機会を与えて下さったことに、心より感謝をしているんです」

そう言って、静かにうつむいて両手でスカートのすそをつまみ、ひざを軽く曲げてお辞儀をする。

「……どう、かしら？」

聞いておきながら、顔はうつむいたままだ。ウチの表情は演技をしているという建前があるにもかかわらず真っ赤に紅潮してしまって誰にも見せられない状態になっている。

「……いい。すごくいいよ！　そう、そうなんだよ。この言葉があるから、この言葉があった後だからこそ冷たいコーデリアの態度に落胆してゴネリルを選ぶんだ。さすがだよ笹葉さん」

竹久の賞賛の言葉が素直にうれしい。たとえそれが演劇上のセリフに対するものであっても十分だ。

「ありがとう。でも、これは本番のための練習。本番は、きっともっとうまくやって見せるから」

「ああ、期待しているよ」

——今のウチにはこれが精いっぱい。

果たしてその本番がいつ来るのかなんて今はわからないけれども、いつかは来なくてはならない。

——to be or not to be.

するべきかしないべきかは問題じゃない。しなければ幕は上がらないし、幕も下りない。

いつかは必ずしなければ、この気持ちはどこにもやることができないのだ。

つまりはそれがいつなのか、そこが問題だ――。

# 『マクベス』（シェイクスピア著）を読んで

黒崎大我

『マクベス』はシェイクスピア四大悲劇と呼ばれる作品の一つらしい。学園祭でシェイクスピアオマージュの演劇をやることになり、友人の優真《ゆうま》から一読しておくようにと渡されたものだ。

昼休みの時間になるとコンビニで買ってきた昼食を持って仮入部中の部室に行き、部長と二人で昼食をとる。あまりにも会話が弾まないので俺は逃げるように本を開いて『マクベス』を読むことにする。

物語の冒頭。戦に勝利して帰路につくマクベスとバンクォーのもとに三人の魔女が現れる。魔女はマクベスにいずれ王になると予言し、戦友のバンクォーには王の先祖になると予言する。

マクベスはその予言の通りに王であるダンカンを殺害して王になる。しかし今度は、予言の通りになるとするならば、やがて自分はバンクォーの息子に殺されるのではないかと恐怖に陥り、バンクォー親子の殺害を計画する。計画通り戦友のバンクォーを殺害するがその息子には逃げられてしまう……。

俺が考えるにはこの一連の事件、魔女の予言がなければ初めから起こらなかったのではないだろうか。

魔女にやがて王になるとの予言を受けなければおそらくダンカン王を殺害しようなんて考えなかっただろうし、戦友であるバンクォーに疑心暗鬼になることもなかっただろう。舞台はすべて三人の魔女によって翻弄されているに過ぎないのだ。

「えっと……。新入部員の黒崎《くろさき》君……だっけ？」

漫画研究部部長の葵 栞《あおいしおり》先輩が本を片手にパンをかじる俺に話しかけた。

「他人行儀な言い方ですね。葵……さん」

他人行儀なのは俺だって変わらない。最近ではどうにも他人行儀になりがちで、彼女のことを『さん』付けで呼ぶようになってきた。葵に言わせればそれこそ〝他人でしかない〟のかもしれないのだが、少なくとも俺は他人のままでいたくなどないのだ。

　俺と葵とは中学時代に一時期恋人同士ではあったのだが、俺が彼女を裏切ってその関係は終わってしまった。

「別にさ、無理にあーしに付き合う必要なんてないんだよ。むしろあーしは誰かと一緒に食事をするよりも、できるなら一人で静かに過ごしたいのだよ。それこそ〝ボッチめし〟をするような人間を君たち陽キャは勝手にかわいそうだからと手を差し伸べているつもりなのかもしれないけれど、それはそれで余計なお世話なんだよね。君たちにとっての正義が、誰にとっても正義なんだと思い込まないほうがいい」

「別に俺はそんなこと思っているわけじゃない。俺がここに来ている理由は俺自身がここに来たいからっていうだけだ。葵さんだってわかっているでしょ、俺は、今でもあなたのことを……」

「あー、もうそういうのいーんだよね。別にあーしはあの時のことを根に持ってるわけでも何でもないし、黒崎君が責任を感じることでもないんだよ。もう、随分と過去の話じゃないか。今更どうだっていいことだよ。それにね、考えてもみなよ。あーしだってそれなりにアオハルやってるんだ。もう、ほかに想《おも》いを寄せている人がいるということぐらい考えないものかねえ」

「ほかに、好きな奴《やつ》が……いるのか？」

「いちゃ悪いかい？」

「だ、誰だよ！」

「教えないよ。なんで教えなきゃならないの？」

「いや……」

「それにさ、黒崎君が毎日ここに来るようになったのって、どうせたけぴーの入れ知恵なんじゃない？　あの子はホントしたたかな子だよね。黒崎君をここへ追っ払うことで毎日君の彼女と二人でランチを楽しんでいるらしいじゃないか。いいのかい？　このままじゃたけぴーに寝取られてしまうよ？」

「優真はそんな奴じゃない。それに、寝取るも何も笹葉《ささば》とはちゃんと別れている。だから優真と笹葉が恋人同士になろうともそれは何の問題もないことだ」

「問題なくはないんだよ。いいかい？　あの二人がもし恋人同士になってしまったら、それはそれでいやな気持ちになる女の子がいるということを考えてみてくれないかな……」

「そ、それはつまり……」

その続きの言葉は口には出せない。それは、認めたくないことだ……。

俺が仮入部するまでのしばらくの間、葵と優真とは毎日二人きりでこの場所で過ごしていたのだ。一度は誤解したこともあったが、優真が葵を好きだということはないだろうと思う。しかし、それだけの時間を二人きりで過ごしていた葵にとって、優真の存在が大きなものへと変わって行ってしまっていたということを俺は考えないようにしていたのかもしれない……。

午後のホームルームでクラスごとの出し物を決めることになった。竹久は演劇の脚本を書いているし、笹葉は実行委員としての責務をこなしている。俺だけが一人何もしていないという訳にはいかないと、自ら率先して司会進行役を買って出た。話し合いはあまり積極的に進めたがる者もおらず、どちらかと言えば何に決まっても別に構わないという雰囲気だった。いくつかの提案はなされたものの皆が皆、自らが中心になって行動したいとは思っていない。ならば自分が中心になってクラスの出し物を引っ張っていかないといけないのだろうが、当日は演劇の主役をやることも決まっている。

そこで俺は話し合いを意図的に誘導して『コスプレ喫茶』をすることにした。

これならばあまり他の人がやったことのない挑戦をしなくても、多くの前例があり、それらの資料を読《よ》み漁《あさ》ることでそれなりにリスクを回避することもできるだろう。男女問わずクラス内の様々なグループの嗜好《しこう》に合わせることも可能だ。そして何より、俺自身当日は演劇用の衣装を着たまま作業をこなすことができるだろうし、演劇の宣伝効果だって見込めるだろう。公私混同も甚だしいところだが……

放課後になり、旧校舎へと向かう。演劇の練習にはできることならば体育館のステージを使いたいところではあるが、体育館ではほかの部活動も多く、それにまだまだ演劇に関して未熟すぎる俺たちにとってはその場所は持て余すばかりだ。しばらくは旧校舎の漫画研究部の部室で基礎トレーニングをこなしている。

俺はクラスの出し物についての雑務があったために少し遅れて到着する。演劇部の脇屋《わきや》さんと戸部《とべ》さん。それに優真の三人がいた。笹葉と宗像《むなかた》さんは学園祭の実行委員で不在なのだが、葵がいないというのは珍しい。彼女の教室は旧校舎からも近くいつも一番早くに部室に到着している。不意に昼休みの会話が思い出される。葵の言った、想いを寄せる人がいるのだという話。

少しして休憩になり、優真と二人きりになった。

「ところで最近どうなの？　昼休み、ちゃんと話できてる？」

「いや、正直言うとあまりできていないな。何を話していいのかわからなくて……」

「大我《たいが》は口下手なところがあるからね。まあ、おれみたいに口から出まかせで生きているよりはずっといい。でも、演劇の時にはちゃんとセリフを言わなきゃ駄目だぜ。何しろラストシーンは……」

ラストシーンのセリフは、優真が脚本を書いたわけではない。一応用意されている脚本にはそれっぽいセリフを記載しているのだが、当日の本番では俺のアドリブでのセリフになる。つまり、それは演劇の舞台を借りて俺が葵に公開告白をしようという作戦だ。優真が脚本を書くことになったときに俺が自ら提案したのだ。演劇の脚本では最後、ハッピーエンドで幕を下ろすということにはなっているが、実際の結末はどうなるかわからない。この土壇場になって少しくじけそうになってきた。葵に、想いを寄せる人がいると聞かされてしまったからだ。

「実はそのことなんだが……少し自信がなくなってきた。どうやら葵はもうすでに好きな奴がいるらしいんだ」

「琹さんに？　それって……大我のことを言ってるんじゃないのか？」

「だったらいいんだけどな。どうやらそうでもないらしい」

——たぶんそれはお前のことだ。なんて怖くて口には出せない。

「じゃあ、やめにするかい？」優真はシニカルに言った「何なら『ロミオとジュリエット』の通り心中して終わってもかまわないんだぜ」

「いや、それはないな。やるかやらないかは問題じゃないんだ。怖いか、怖くないかだけの問題だ」

「怖くない奴なんていないよ」

「そうだな……」

「まあ、今は少しでも栞さんと話をして互いに理解しあったほうがいいんじゃないのか？　たぶん大我は周りがイメージする自分というものにとらわれて、自分は常にこうあるべきだと思う人物像を演じてしまう癖がある。でも、おれは大我がセンスはともかくユーモラスであったり情熱的であったりすることも知っている。そういう部分をもっと積極的に出してもいいんじゃないか？　なんでも女子っていうのはギャップに弱いらしい」

「そうか、やってみるよ……」

優真からの適切なアドバイスを胸に刻み付けたところで、タイミングよく葵が部室にやってきた。遅れてきたことを反省をしている様子はみじんもなく、むしろ遅れてしまった原因に対する愚痴をこぼしている様子だ。

「いやー、遅くなってすまないね。トイレに行って手を洗おうと思ったらさ、ハンドソープがなくなってたんだよ。あーしは少し管理がなっていないんじゃないかと思って職員室に文句を言いに行ってさ——」

ユーモラスな受け答えを実践する。そのことを念頭に置き、葵の言葉に耳を傾け、適切な返答を試みようと構える。

「――そういえばさ。ハンドソープって名前、中途半端だよね。ソープなのにハンドって、サービスがいいのか悪いのか判断に困るよ」

優真は葵の言葉を無視するように視線を逸《そ》らす。そこで葵はその視線を俺のほうへと向けた。よし、今しかない！

「ああ、そうだな。確かにハンドソープがなくなっていたら慌てるよな。泡だけに、あわわわわって」

開け放たれた部室の窓からそよぐ秋の風が臙脂色《えんじいろ》のカーテンを揺さぶる。

視線をそらしていた優真が俺のほうに向きなおり一言。

「大我。そういうところだぞ」

そういうところがいったい何だというのだろうか？

そういうところ。つまり、俺の持つユーモラスな一面が上手《うま》く発揮できたとほめられたのだと考えていいのだろうか？　少し、自信が湧いてきた。

学園祭当日。クラスの出し物だったコスプレ喫茶。基本的に俺が中心となって準備を始めたことなので最後まで責任を持ってやりたかったのだが、直前になって優真は「店内の仕切りはおれがやるから大我はこれを持って校内を歩き回ってくれないか？」と言ってきた。手渡されたのはプラカードで表面には『コスプレ喫茶　1—A教室』と書かれており、裏面には『演劇部公演は15：40より　体育館にて』と書かれている。要するに宣伝役をやらされるのだ。服装は演劇で使うきらびやかな王様の衣装なのでいやでも目立つ。教室のコスプレ喫茶でも演劇の衣装としてもどちらでも通用するこの格好は宣伝効果としては一石二鳥と言ったところだが、いかんせん注目を浴びすぎて少し恥ずかしさを感じる。まあ、あとで行う演劇の緊張感にあらかじめ慣れておくというのも悪くない。

校内を一巡して帰ってくると教室は大盛況。急いで喫茶の手伝いをしてまた落ち着くと校内を一巡するの繰り返しだ。

正午を過ぎてしばらくすると、客の入りはだいぶ穏やかになってきた。クラスごとの出し物は飲食物を扱う模擬店も多く、朝から学祭に来ている人のおなかも満たされているころだ。

「おれたちも休憩にしよう。昼飯まだだろ？」

優真に声を掛けられて、俺たちも休憩に入ることになった。優真と二人、そこいらで食べ歩きながらほかのクラスの出し物を見て回る。一応、葵を誘ってはみたのだが当然のように断られてしまい、男二人で回ることになってしまった。

俺は王様の衣装のままだし、優真もまた側近の衣装のままだ。宣伝用のプラカードを持っていないにもかかわらず、校内を回っていればいやでも目立つ。結局、行く先々で質問の嵐で、クラスのコスプレ喫茶と演劇の告知をする羽目になってしまう。

「ねえ、そこの二人。その、イケメン君ともう一人」

かけられた声に振り返る。俺と優真、どちらがイケメンでどちらがもう一人なのかはこの際どうでもいいことだ。

「そこの君、女難の相が出ているよ。占ってあげるからこっちに来たまえ」

黒い大きなつばのついた魔女の帽子を被《かぶ》った少女が水晶玉を片手に手招きをしている。長い黒髪に隠された左目はその前髪の下で眼帯をかけているのがわかる。片腕と片脚は包帯でぐるぐる巻きになっていて、見るも恥ずかしい恰好《かっこう》ではあるが、本人はむしろ嬉《うれ》しそうに微笑《ほほえ》んでいる。

「ああ、言わなくてもわかるよ。君の名前は……そう、黒崎、黒崎大我だね。違うかね？」

「いや、間違ってはいない……」

「そう、君は……、君は今まで多くの女性を悲しませてきた。それらの生霊が君に絡みつき、君の描く未来の邪魔をしているのだ。それらの生霊を成仏させなければ君に明るい未来はないよ」

思い当たる節がある。もしかしてこの占い師は本当に俺の未来を……。

「ところでもう一人の君。君の名前は何という」

占い師は優真に質問をぶつける。

「おい、占い師。なんで大我の名前は解《わか》ってておれの名前は知らないんだよ。それに人に名前を聞くときは自分から名乗るものだ」

「あわわ、わ、わ、わたしは……りゅ、竜宮坂《りゅうぐうざか》……輝夜《かぐや》だ……」

占い師は急にしおらしくなった。もしかして人付き合いが苦手なのだろうか。それにしても、リュウグウザカカグヤとは、さすがにキラキラネームも甚だしいものだ。おそらく偽名だろうけれど。

「おれは竹久《たけひさ》、竹久優真だ。この黒崎大我の、無二の友人だ。覚えておくように」

「ユ、ユーマ……。すごくいい名前だ……」

「そ、そうか？　カグヤさんこそ、きれいな響きの名前だ」

「あ、あり……がとう……」

「ところで、大我はさておきおれの未来には何が見えるのかな？　占い師さん」

「そ、そうね……そう、だな……」

竜宮坂さんは手に持った水晶玉を掲げる。左目の眼帯にかかる前髪を右目の上に重ね、その視界を遮ると、左目の眼帯をはずす。その目は黒い右目とは違い、きれいな瑠璃色をしていた。その目でじっと、水晶に映る逆さまの優真を見つめて言う。

「おお、これは……。うむ、ユーマ君も気を付けたほうがいい。君は体質的に、この黒崎君によって傷つけられた女性たちの悲しみを請け負ってしまうようだ」

——俺に傷つけられた女性の悲しみを優真が請け負う。その言葉にはっとする。その女性という存在に、どうして葵のことを思い起こさずにいられるというのだろうか。やはり葵は優真のことを……。

「そ、そうだユーマ君。君には特別にお祓《はら》いをしてあげよう。儀式には火が必要だ。うむ、そうだな。ちょうど後夜祭でキャプファイヤーがあるからそれを利用するのが都合がいいだろう。今日の後夜祭の時に——」

「いや、あいにくなんだけど。おれはそういうオカルトじみたことはまるで信じてないんで」

「いやいや、そんなこと言って不幸になってからじゃ遅いんだから——」

立ち去ろうとする優真の手をつかみ、食い下がる竜宮坂さん。困った表情の優真を救いに一人の人物が現れた。

「ねーねー、うらないしさーん。今度はアタシのことを占ってくれないかな？」

邪魔をするかのように現れたのは宗像さんだった。視線は優真の手を握る竜宮坂さんに向けられている。

「わっ、わあ！　お前は宗像瀬奈《せな》！」

竜宮坂さんは握っていた手を放し、一歩後ずさりする。

「カグヤちゃん、何をそんなに驚いているのよ」

「よ、よくも。お、おぼえていろよ、その顔、おぼえたからな！」

意味の解らない捨《す》て台詞《ぜりふ》を残して彼女は去っていった。

「アタシ……、まだ顔も覚えられてなかったのかな？」

「瀬奈、知っているのか？」

「知ってるも何も、同じクラスよ。アタシ、あんまり好かれていないかもだけど」

「どうやらそうらしいな」

「ねーねー、ところでさ。一緒にバンドやらない？」

「急だな」

「うん。ちょっと急な出来事でね。実はさ……ホントは黙っていて本番で驚かせようと思ってたんだけどね。今日の学園祭で演奏する予定だったんだよ。だけどさ、バンドメンバーが急に怖気《おじけ》づいちゃってさ、やっぱり人前で演奏するのが怖いって言い始めちゃって……」

「バンドだって？　だから演劇でセリフの少ない役のほうがいいって言っていたのか」

「うん。ゴメンねユウ。さすがにアタシも実行委員やってバンドもやって演劇もっていうのはちょっとハードで」

「ちょっとハードどころじゃないよ。瀬奈じゃなきゃそんなにあれもこれもできないよ」

「ホントは本番で驚かせたくて秘密にしていたんだけど……さすがにそうもいかなくなって……」

「なるほど。だから名残惜しくなって来年はおれ達とバンドを組んで出演したいっていう訳だ」

「あ、ちがうちがう。バンドを一緒にしようっていうのは今日のことだよ」

「きょ、今日？　いくらなんでもそれは……」

「うんうん。そこは大丈夫だよ。演奏は演劇の終わった次のステージだからアタシたちはそのままステージ上で演奏をすればいいだけのこと。ほら、演劇で背景用の衝立《ついたて》を使うでしょ。本物のバンドメンバーはその後ろで演奏をしてもらって、ユウたちにはステージ上で演奏するふりさえしてもらえればいいの！　もちろん、アタシは普通に歌うけど」

「そんなこと、急に言われてもなあ……」

「サラサは引き受けてくれるって言ったの。だからタイガとユウでギターとベースを引き受けてくれたらいいので！　ね、いいでしょ？」

「別に俺は構わない」

「ね、ユウもいいでしょ？」

「ゴメン……悪いんだけどそれはちょっと……」

「うん、そっかー。まあ、無理にお願いするわけにもいかないからなあ、あとひとりくらいはアタシでどうにかするわ。それよりもさ、ユウたちも休憩中？　だったらさ、ちょっと一緒にそのあたり回ろうよ」

断る理由もない。しばらく三人で校内をめぐりながら見かけたものを腹の中に収めていく……が、しかし。宗像さんはどうやってその小さな体に次から次へと食べ物を放り込むことができるのだろうか。

クレープを片手に中庭の奥に見える弓道部による〝本格的すぎる的あてゲーム〟を眺めながらつぶやく。少し気になっていたのだ。

「なあ、さっきの占いって――」

「大我、もしかしてあんなの本気にしてるのか？」

優真は呆《あき》れたように言う。

「いや、しかし……。確かに思い当たる節はある」

「あのさ、大我は目立つからこの学校内でもそれなりに有名で、その顔見れば誰だって女の子を泣かせてきたことぐらい想像つくよ」

「そうかもしれないが……」

本当に聞きたいことは、優真への占い。そんな女性の悲しみを引き受けるというところだ。正直に聞いてしまいたいところだが、今は宗像さんも近くにいて言いづらい。少し言葉を濁しながら――

「その、葵のことなんだが……」

「あっ！　しおりん！」

俺のつぶやきに宗像さんが思い出したように声を上げる。

「さっきさ、しおりんを学園祭一緒に回ろうって誘おうと思って行ったらさ、もう先約がいるみたいで。それになんかデートみたいだったから邪魔しちゃ悪いかなって身を引いたんだ。後でユウたちのコスプレ喫茶に顔出すって言ってたケド……」

「わりぃ、優真……。俺ちょっと先に教室の方に戻っとくわ。まだ、休憩の時間は十分あるから宗像さんと二人でゆっくりしていて大丈夫だから」

「あ、ああ。ありがとう」
葵が俺のクラスに来るということと、デートらしかったという言葉にいてもたってもい
られなくなる。いつか来るかもしれない時に備えて教室に帰っておきたかった。
教室に戻ったがまだ葵の姿はない。もう来て帰ってしまったという可能性もなくはない
が、宗像さんの言葉からついさっき〝後で顔出す〟つもりだったのならばあまりそうとは
考えにくい。
しばらくそのまま接客をしていると、やたらと後夜祭のキャンプファイヤーに一緒に行
きませんかという誘いを受けた。演劇の片づけがあるから後夜祭には出られないと断って
いたのだが、クラスメイトにそのことを話すと、
「黒崎君知らないの？　この学校には伝説があって、後夜祭のキャンプファイヤーをカッ
プルで見るとその二人は結ばれると言われてるのよ。昔ね、この学校ができる前にはこの
場所に町を守る巫女《みこ》のお堂があってね、そこに住む巫女は恋愛御法度だったんだけど、そ
れでも互いに愛し合う人と巡り合い、二人の仲を引き裂こうとする町のみんなに反発して
二人はお堂にこもり、火をつけて心中したっていうの。だから後夜祭のキャンプファイヤ
ーは誰にも引き裂くことのできない永遠の愛を象徴するかがり火なのよ」

「そうか、知らなかったな」

「ねえ、話を聞いたら少しは興味湧いた？」

「ああ、少しな」

「ねえ、黒崎君。もし、相手が決まっていないんならわたしが一緒に行ってあげてもいいわよ」

「ありがとう。でもそんな話を聞かされたらな、どうしても誘わないといけない人ができたよ」

「まーそーかー。やっぱわたしじゃ相手にならんかー」

そんな話をしている時、まさに彼女がやってきたのだ。

コスプレ喫茶の入り口に立って、教室の中の様子をちらちらとうかがっている葵栞の姿に俺の心臓は早鐘を打つ。演劇用の純白のドレスを着ているから嫌でも目立つ。

「俺が接客するよ」とクラスメイトを押しのけ注文を聞きに行く。葵と一緒にいる女子生徒に見覚えはない。葵と同じ緑のネクタイなのでクラスメイトだろう。長い黒髪で色白。うつむき加減であまり目を合わせてくれない。緊張しているのだろうか。宗像さんからデートだと聞いてつい相手が男だと思い込んでしまっていたようだ。そこに少し安堵《あんど》する。

「なんだあ、きみかあ。たけぴーはいないの？」

当てこすりのような言い方に嫉妬する。

「わるいな。今ちょっと用事があって。そちらの方はクラスメイト？」

「あー、まったく君は目ざといね。知らない女の子を見るとすぐにそうやって唾をつけようとする」

「い、いや……そういう訳では……」

「この子はあーしの親友のつみこだよ。ほら」

葵に肘でつつかれた女子生徒は「どうも」と聞こえるか聞こえないかの小さな声を出しこくりと頷いた。つみこという名前はどこかで聞いたような記憶がある。今までの会話で何度か耳にしていたかもしれない。以前は友達がいないと言っていた葵に親友と呼べる相手がいたことに驚きつつも、もう彼女は自分の知っている葵栞ではないことも痛感した。

本当ならば今すぐにでもキャンプファイヤーに誘ってしまいたい気持ちもあったが、演劇の舞台の上で告白することを決めていたし、この場は注文を聞いて素直に引き下がることにした。

15：30。ジャズ研によるビッグバンドの演奏、『Fly with the wind』が終了し、ステージにいったん幕が下ろされる。緞帳《どんちょう》の裏側で撤収を始めるバンドメンバーと入れ替わりに舞台セットが用意される。俺と優真はステージ中央に移動し、立ち位置の確認と照明のチェックをする。

「もうちょっと左だ」裏で照明の最終チェックをしている脇屋さんが声を上げる。「上を見てくれ。その照明の真下だ」

天井から吊《つ》り下《さ》げられるハロゲンライトを見上げ、その照度に目が焼けそうになる。そのまま視線を下に落とし、バミリのはがされたステージの木目を見ながら自分の立ち位置を把握しておく。本番中に上を向いて目を焼くわけにもいかない。

「ほら、ここだよ」優真は足元を指さす。「ここに床板の節目が三つあるだろ。両足の真ん中にこの顔を置いて見つめ合う形で立つとちょうどいい」

点が三つあるだけで人の顔だと認識してしまうことをたしかシミュラクラ現象と言ったか。生物が野生で外敵を見つけやすいように本能的に錯覚してしまうらしい。足元にいる点三つだけのあどけない顔がまるで不安を隠しきれない自分の姿を映す鏡のようにも感じる。

今日、今から始まる演劇の最後に葵に告白するのだ。喜劇となるのか悲劇として終わるのかは定かではないがもはや大した問題ではない。ただ、その時のことを考えると自然と手に汗がにじむ。

「暑いな……」

つぶやいたのは俺ではなく優真だ。言われてみれば確かに暑い。九月の気温はそれほど高いわけでもなく、今までの練習の中でこれほど暑いと感じたことはなかったように感じる。思えば先ほど演奏をしていたジャズ研のメンバーも汗をかいているようだった。

俺は目を焼かないように手で庇《ひさし》を作ってもう一度上を見上げた。

「なあ、優真。照明の色が変わってる」

「あ、ほんとだ。この間までもう少し白い色だったよな」

その様子を見ていた脇屋さんが気を遣ったのか、壁のスイッチを操作して照明の光を小さく絞る。

「昨日照明を付け替えてもらったんだよ。ほら、練習の時に照度を変えようとするとちかちか点滅することがあっただろ？　あれは何にも考えていない学校側が調光に対応していない電球に取り換えていたからなんだ。それで以前使っていたものと同じハロゲンライトに交換してもらったのがつい昨日のことだ。だからこうしてギリギリになって照明の調整に付き合ってもらってるのさ」

「え、ちょっと待ってくださいよ。つまり夏休みに体育館の改修工事をした時から昨日まで、ずっとあの白っぽい色の電球だったたっていうことですよね」

優真が少し興奮したように言う。

「ああ、そうだ。まあ、この電球は電気代も高くつくからね。今日の演劇が終わったらまた元の電球に付け替えることになるんだろうけれど」

「そう、そういうことですか」

優真は何かに納得したようだが、俺には何のことだかよくわからない。俺にわかるのは、LEDの照明よりもこの白熱球のハロゲン球のほうが熱く、電気代もかかるが、それでも演劇をするうえでこのほうが都合がいいということだ。

俺たちはいったん舞台袖に移動し、緞帳が上がるのを待っている。その時にふとあることを思い出した。別に聞くのは後でもよかったのだが、時間はまだ少しはあるようだ。今聞いておかないと劇の途中に思い出して気になってしまうかもしれない。

「なあ、優真。こんな時に言うのもなんだが、『マクベス』の物語に出てくるバンクォーの予言っていったい何だったんだ？　バンクォーは魔女に王の先祖になると予言され、そのことで疑心暗鬼になったマクベスはバンクォーを殺すが、息子のフリーアンスには逃げられてしまう。俺はあの時、物語の最後にマクベスを討ちに来るのはフリーアンスだと思っていたのに、そのまま登場することなく物語は終わってしまう。じゃあ、魔女の予言とはいったい何だったんだろうって」

「ああ、それは簡単なことだよ。『マクベス』の物語は歴史上実際にあった史実をもとにしているんだ。尤《もっと》も、実際ダンカンは割と賢王ではなかったようだし、マクベスは暗殺したわけでもなく正々堂々と戦って勝利している。フリーアンスは逃げたそのあとで子孫を残し、その子孫はマルコムの子孫と結婚してスコットランドの王になっている。

ほら、シミュラクラ現象と似たようなもんだよ。人は目の前にあるものだけを並べて全体像を想像しようとするから、マクベスはバンクォーの子孫が自分の王位を脅かすと考えたわけだが、その舞台の外にある世界について考えが足りていなかったんだ」

「じゃあ、バンクォーはとんだとばっちりだったという訳か」

「そうだよ。おれたちの知らないところでも物語は常に動いているんだ」

「仕方ないな、それを全部把握するなんてできるわけない」

「なあ、大我。こんな時にこんなつまらない講釈を垂れるのもどうかと思うのだが……」

「言ってくれ。そのほうが気がまぎれる」

「ああ。『マクベス』のあの物語。冒頭の魔女なんて本当は存在しなかったんじゃないだろうかって……」

「どういうことだ？」

「うん。三人の魔女の正体は森で見かけた単なる三本の枯れ木なんじゃないかなって……枯れ木然《しか》り、ダンカンを襲う時のナイフ然り。実際に魔女が現れて予言をしていたんじゃなく、マクベスが勝手にそう思い込んでいるだけ。あるいはそうであったことにして自分自身をだましているだけなのかもしれない。

要するにマクベス自身がダンカンを殺したい気持ちとか、バンクォーにその座を奪われるんじゃないかという恐怖心が魔女という形の幻影を作り出したんじゃないかなって……」

「なるほど。つまりマクベスは自分自身が実行を決めた暴挙に対する言い訳がほしかったと……つまりそれは……」

「さあ、幕が上がるぞ」

# 『ロミオとジュリエット』(シェイクスピア著)を読んで　竹久優真

学園祭をかわいい女の子と一緒に回る。という現実世界ではめったに起こることもなく、なおかつ定番のシチュエーションを期待していたのだが、あいにく瀬奈《せな》も笹葉《ささば》さんも実行委員で体育館に常駐しているため時間の都合を合わせられないし……うん、まあ確かに栞《しおり》さんもルックスだけで言うならばかわいいと言えなくもないのだろうけれど……。いや、そもそもが僕と栞さんとが二人で学園祭を回っていたりなんかすれば大我《たいが》に合わせる顔がなくなってしまうだろう。

結果。僕は大我と二人で学園祭を回ることになる。

まあいいさ。少なくとも男で彼以上の相手なんていないのだろうし、むしろ多くの女子生徒たちに羨望のまなざしを受けることになるくらいのパートナーだ……と、自分を納得させてのことではあったのだが、実に神様というのはいるものだ。

たまたま同じ時間に休憩に入っていて、たまたま通りかかった瀬奈と鉢合わせして、僕らはしばらく三人で回ることになった。

　途中で大我が気を利かせて、(あるいは自分の都合を優先させてかもしれない。栞さんに会うために教室に急いで戻ろうとする大我に「自分も一緒に帰るよ」などと空気の読めない発言をしなかったことを鑑みればお互い様)瀬奈と二人きりになった。

　果たしてこれをデートと言ってもよいのだろうか？　食べては歩き、食べては歩きの繰り返しだが、彼女と二人であるならそれだけでつまらないなんて感じることはない。

　お化け屋敷でまったく怖がらずに平常運転で歩き続ける瀬奈も、バルーンアートのキリンをネッシーと呼ぶ瀬奈も、美術科の作品展示で赤城《あかぎ》先輩の桜の油絵に付けられた、実行委員の指示を無視した百万円という値札に「全然売る気ないじゃん」と笑ってつぶやく瀬奈も見ていて飽きることはない。

　しかし、彼女の言いだしたバンド演奏のフリをしてほしいというお願いを聞き入れなかったのには訳がある。

　僕の知らないところで瀬奈がバンド活動だなんてものに精を出していたことに嫉妬していたというのもあるけれど、伊達《だて》と酔狂ばかりで卑しく生きている僕に、できるならば瀬奈の前では地に足をつけて、正直に、堂々とした姿でありたいという野心が芽生えてきたからだ。だけど、彼女があっさりとあきらめて他をあたると言ったのはそれはそれでさみしいものがある。どうしてもとお願いされるのならば吝《やぶさ》かでもなかったんだけど。

休憩時間も終わりに近づき、僕たちは一度別れることにする。

「それじゃあ、またあとで」

「ああ、演劇頑張ろう」

「うん、せっかくまた四人で何かできるんだもん。がんばろうね」

瀬奈は、〝四人で〟と言っていたのだ。演劇に参加するのは四人なんかではなくもっと多くの人数だというのに。

おそらく瀬奈の言う四人とは、僕と大我、それに瀬奈と笹葉さんのことだろう。はじめてこの四人で過ごしたのは春の文化祭の日。とても居心地が良いと感じたのは何も僕だけではなかっただろう。

それ以来何度となく一緒に過ごしたこの四人組も、いろいろあって四人全員がそろって共に過ごすことはなくなってしまった。

おそらく瀬奈もまた、再びこの四人で活動をしたいと願っているのだ。

思えばバンドの練習もあって忙しかったであろう瀬奈が、無理を通して僕らの演劇に参加してくれたのは、本来演劇なんて苦手なはずだった笹葉さんが自らをステージに押し上げたのも、またこの四人で何かをしたいと思ったからではないだろうか。

いよいよ学園祭も佳境に差し掛かり、僕たちも演劇のために体育館へと移動するころ、だんだんと雲行きが怪しくなってきた。

ここで言う〝雲行きが怪しい〟は比喩表現なんかではなく、物理的な現象のことだ。天気予報では降水確率10パーセントとなっていたものの、秋の空というものは乙女心並みにうつろいやすい。空は真っ黒な雲に覆われ、次第に降り出した雨から逃げるように屋外の露店は撤収し、イベントも中止となり、来場者は皆屋根のあるところへと避難する。

ステージのある体育館もそれは例外であるはずもなく、幸か不幸か僕らの演劇が始まるころには体育館は超満員となる。僕らのメンバーの中に天気を自在に操る天狗《てんぐ》のような存在がいるのではないかと感じざるを得ない。

つい先ほど、メールで友人のぽっぽが演劇を見に来ているというメッセージが入っていた。しかも、同級生の若宮《わかみや》さんと片岡《かたおか》君も見に来ているというのだ。幕の隙間から客席ホールを少し覗《のぞ》き、どこにいるのか確認しようとした。

あまりの超満員。ぽっぽたちがどこにいるのか確認をするどころか、激しく緊張が高まる。

多くの期待と不安を胸に、今、超満員のステージの幕が上がる。

まだ照明のついていないステージの上、脇屋《わきや》先輩のナレーションから物語は始まる。

『病により急死したブリテン国王の後を継ぎ、若き王子リアは王位を継ぐこととなる。王の即位に伴い、妻を迎えて婚礼の儀を執り行うこととなった――』

ナレーションの終わりとともに大我扮《ふん》するリア王にスポットが当たる。会場の数か所から黄色い声が飛ぶ。この直後に登場する僕にとっては少しプレッシャーだ。

『ああ、何ということだ。どうやら母上は私の結婚相手には従妹《いとこ》のゴネリルがふさわしいと言い出してしまった。しかし、しかし私は……』

いよいよ僕扮するリア王の忠臣ケント伯の登場だ。素早くリア王のもとに歩み寄る僕に黄色い声が飛ばないのは当然だ。嫉妬などしない。

『何を迷うことがありましょう。リア様、あなたは国王であられる。あなたの意見に誰が反対できましょう。他に……心に決められた方がおいでなのですね』

『わかるか、ケントよ。実は私はキャピュレット家の令嬢コーデリアに恋してしまったのだ』

『なんと、キャピュレット家とは』

『ああ、そうなんだ。我がモンタギュー王家とは犬猿の仲と言われるキャピュレット家の令嬢だ。噂《うわさ》ではキャピュレット家は国家転覆を奸計《かんけい》しているとも言われている。そんな者を妻にするなどいくらなんでも大義名分というものが……』

『いや、そんなことはありませんぞ。大義名分が必要というのならば、むしろ好都合。対立する家同士の結婚となればそれはひとつの国家安泰の印。ためらうことなどありません』

『いやしかし、それだけではまだ足らない……はっ、そうだ！　こういうのはどうだろうか』ライトが消え、暗闇の中を素早く移動する。まずリア王が玉座に座る。教室の椅子に段ボールで細工しただけのものだが、これがなかなか見事な出来栄えだ。さすがは美術科の皆で作った作品だ。栞さんはあれでいてかなりのカリスマ性を持っているらしく、彼女が声を掛ければ美術科の生徒は大概手を貸してくれる。あるいは弱みでも握っているのかもしれない。

リア王の隣にはケント伯の僕、それにリア王の母ガートルード役の瀬奈がワインレッドのドレスに身を包んで立つ。さらにその隣は王弟クローディアスの脇屋先輩。その向こうに白とオレンジのドレスのゴネリル役の笹葉さんと純白のドレスに身を包んだコーデリアの栞さん。笹葉さんに関しては言うまでもないが、馬子にも衣装というか、栞さんもこうして黙ってさえいればなかなかの美人だ。

全員のスタンバイが完了したところで唯一ステージ上に立っていないメンバー、ティボルト役のとべっち先輩がステージ裏の照明を操作する。

ステージ全体が明るくなり、劇は再開する。リア王が二人の花嫁候補にプロポーズさせるシーンだ。

『今日ふたりに来てもらったのは他でもない。今からふたりには私のことをどう思っているのかをそれぞれ言ってもらいたい。その上で私をより感心させた方を妻としたい』

笹葉さんが一歩前に出る。

「ではゴネリル。君の気持ちを言ってくれ。君は私のことをどう思っているのだ」

『それではリア王様』

透き通るような響きの声。いったいいつの間にこれほどの演技力を身につけたというのだろう。才能もあるのかもしれないが、相当な努力をしてきたはずだ。それも、実行委員という面倒くさい仕事をこなしつつここまでの努力をしてくれた笹葉さんには正直頭が上がらない。

『――あなたはお気づきになんてならなかったかもしれませんが、わたしはずっと以前からあなたのことを見つめていました。しかしそれを恋だと気づくには少しばかり時間がかかってしまったかもしれません。

相手の身分を問わず等しく皆に気づかいのできる、そんな優しさを持ったあなたに惹《ひ》かれていったのかもしれません。

あなたはお笑いになるかしら？　今もこうしているわたしの胸があなたに焦がれる思いで張り裂けそうになっていることを？

いいえ、わかっております。あなたには想《おも》いを寄せている人が別にいることくらい。

それでも、こうしてこの想いを打ち明ける機会を与えて下さったことに、心より感謝をしているんです』

このセリフを考えたのは笹葉さん本人だ。初めに僕が考えていたものよりもはるかに良い。正直、これならリア王が心動かされてゴネリルを結婚相手に選んでしまうのも無理はないと思えるかもしれない。

続いて、コーデリアの告白だ。栞さんが一歩前へ出る。コーデリアはうつむき、何も言わない。

『さあ、言ってくれ。コーデリアよ。そなたの気持ち、存分に伝えてくれ！』リア王は後ろを向き、つぶやくように言う。『どんな言葉でもよいのだ。私の気持ちは初めから決まっている。恐れることなど何もないのだ。さあ、言っておくれ……』

『ああ、リア王よ。あなたはなんて残酷な人なのでしょう』

『残酷とな?』

『だってそうでありましょう？　身分も決して高くないわたし、ましてや長い間モンタギュー家がキャピュレット家とは仲が悪いということだってリア王様は知っておいででしょう。

それなのにこのような人前で想いを言葉にしろなどと言われ、どうしてそれが言えましょう。そんなことをして、わたしが選ばれなかった時、果たしてわたしに帰る家があるでしょうか？』

『いや、しかし……それはだな……』

『きっとあなたという人はそうやって人前で何も言えないわたしをあざ笑い、元より決めてあったそのゴネリルという女と結婚をなさるおつもりだったのですね。ああ、何という残酷。わたしはそうして人前で恥をかかされるだけの運命なのですわ』

『私が、恥をかかせるだと？』

『そうでありましょう？』

『ええい、なにを言う。恥をかかされたのはこちらの方だ。お前のようなやつは知らん。どこへでも行くがいい！　私は、ゴネリルと結婚するぞ！』

『リア王様！』

僕の、わずかなセリフの後にじっとせつなそうにリア王を見つめた栞さんが舞台袖にはける。

ステージの上ではリア王がゴネリルにプロポーズをするところで一幕が終わる。

いったん舞台袖に全員がはけ、ステージ上では第二幕が始まる。二幕ではリア王とゴネリルが仲睦《なかむつ》まじく暮らしているシーンが続く。

舞台の脇でそれを見ている僕の心臓は驚くほどに早く脈打っていた。ステージの上では〝配役〟という仮面をつけているからこそ歯の浮くようなセリフもキザな言葉も平気だが、一旦袖にはけてしまうと素の自分が出てきて、急に今までやっていた演技というやつが恥ずかしく感じてしまう。これも、一種の真夜中のラブレター効果というやつだろうか。

ともかく僕のセリフなんてほかの皆に比べれば大したことないにもかかわらずこのありさまだ。それなのにステージ上の笹葉さんなんてまるでそんなことなど平気であるかのように堂々とした演技をこなしている。

リア王を演じる大我に寄り添う笹葉さんはとてもかいがいしく、そんな姿につい見とれてしまう。舞台の上の演技とはいえ、少し前まで交際していたこの二人が僕のいないところであぁして仲睦まじくしていたのかと想像してしまうと、なぜだか胸が締め付けられる。

……いや、これは単に演劇で緊張した僕が吊《つ》り橋《ばし》効果とかいうやつで過剰に反応してしまっているだけに違いない。——と、そういうことにしておく。

ステージ上の舞台は続き、王妃《きさき》の父となったクローディアスが次第に権力を握るようになり、母ガートルードもクローディアスの考えを支持している。

対してリア王は王であるにもかかわらずその意見をないがしろにされるようになり、その苛立《いらだ》ちをゴネリルにぶつけるせいで夫婦は不仲になっていく。

そんな最中《さなか》、クローディアスはキャピュレット家の領地を強引に没収するなど執拗《しつよう》な嫌がらせをする。ついにはキャピュレット家が謀反を企てているとして討伐隊を派遣することとなる。

その指揮を執るのはリア王。対するはキャピュレット家のティボルト。

舞台の上には大我扮するリア王とべっち先輩扮するティボルト。練習に練習を重ねた殺陣《たて》とはいえ、ふたりともその剣捌《さば》きは見事なものだ。普段は一見冴《さ》えない印象のとべっち先輩だが、こうしてみるとなかなかどうしてかっこよく見えるものだ。それに大我、いくら運動神経が万能だとはいえ演劇部の先輩を相手に決して見劣りのすることの無い動き、それは単に彼が優秀なだけではなく、人の見ていないところで人一倍の努力をしてきた結果だ。彼が努力を惜しまない人間だということを僕は知っている。いつも、口先だけで適当に言いつくろってのらりくらりやっている僕なんかには到底できない芸当だ。

激戦の末、ついにリア王はティボルトを打ち倒し、倒れゆく中でティボルトはリア王に、妹のコーデリアがプロポーズの際に冷たい態度をとったのは本心ではなかったことを告げる。

『あれはなあ、オレがアイツに言ったんだよ。もしオマエが本当に愛しているならばどんな冷たい言葉を投げかけても受け入れてくれるはずだってな……だがどうだい？　オマエはそんなコーデリアの気持ちを汲《く》み取《と》るでもなく罵り、裏切って他の女と結婚したんだ。――なあ、どんな気持ちだ？　それでオマエは幸せになれたのか？　そんなオマエに、妹を幸せにする権利なんてない。フフッ、先に地獄で待っているぞ。キャピュレットもモンタギューも関係ない。みんな、みんな呪われるがいい……』

そうしてティボルトは息を引き取る。

リア王は自分の犯した罪に気づき、絶望のうめきをあげて二幕が終了する。

ステージの上では引き続き第三幕が上演されている。キャピュレットの屋敷で軟禁状態のコーデリアのもとに夜中に忍び込んだリア王が窓の下から愛をささやくシーンだ。ロミオとジュリエットの中のもっとも有名なシーンのオマージュ。

舞台の袖ではティボルト役を演じたとべっち先輩が着替えを始めている。ティボルトが死んだことにより、とべっち先輩は次に登場するリア王の父の幽霊として再登場することになる。少人数での演劇だからひとりで何役もこなさなければならないということは致し方ない。その度にキャラクターを演じ分けるというのもなかなか大変だろうとは思う。

王の幽霊の衣装に着替え終わったとべっち先輩は脱ぎ終えたティボルトの衣装をすぐにハンガーにかけて吊《つ》るす。その姿を見ながら思う。こんな几帳面《きちょうめん》なとべっち先輩が脱ぎ捨てた衣装に収斂《しゅうれん》現象で引火させただなんてどう考えたっておかしいのだ。

ステージ上では高いところにある窓から見下ろす演技のためにつくった大掛かりな屋敷の壁セットが並べられ、コーデリア役の栞さんとリア王役の大我とが愛をささやき合っている。まったく。あの二人も普段からああして素直に気持ちを伝え合えれば僕がこんな茶番なんてせずに済んだのだろうけれど……。

『ああ！　コーデリア！　私はあなたを裏切り、さらにはあなたの兄まで手に掛けた。今更許してくれなどと言えようはずもない。こうして会う資格さえないというのに……

どうしたらいいんだ。それでもあなたを想うこの気持ちはとどまることなく……いや、むしろ増していくのだ。許されないと知りつつもあなたをどんどん好きになってしまう！』

『ああ……リア様。わたしなどにそんなことを言ってはなりません。わたしは罪深い女なのです。

兄の敵であるはずのあなたがどうしても憎めないのです。いいえ、それどころかこの愛は一層増すばかり。今や国家に牙をむき、家も取り潰された卑しい身分のこのわたしがリア王様のことを愛《いと》しいと思うなんてなんと許されないことでしょう。わたしは罪深い……』

『ああ！　あなたはどうしてコーデリアなのだ！』

『ああ……どうしてあなたはリアなのでしょう』

三幕が終わりいよいよ四幕が始まろうとしている。

ほんの脇役で、出番の少ない僕の演じるケント伯の出番が再び訪れようとしている。

舞台の袖でじっと演劇を見ていただけの時間が長すぎたのか、次第に迫ってくる次の出番を考えると心臓が再びばくばくと脈打ち始めた。冷や汗で額に張り付く前髪をかきあげる。

「ねえ、ひょっとして緊張してる？」

横から瀬奈が僕の顔を覗《のぞ》いてくる……というか距離が近い。

「少しね」強がって言ってみたがやっぱり正直に打ち明ける「……ほんとうはかなり」

「ねえ、知ってる？　緊張しているときは手のひらに〝人〟っていう文字を三回書いて飲みこめばいいんだよ」

――聞いたことくらいはある。でも、そんなのは気休めに過ぎない。

でも、今はそんな気休めさえ欲しいくらいだった。僕は素直に左の手のひらに右手の人差し指で三回〝人〟という文字をなぞり、それを口元に寄せてすっと息をのんだ。

ほんの少し息を止め、そしてゆっくりと息を吐き出す。とても自然にできた深呼吸のおかげか随分と気持ちが楽になった。あながち、単なる迷信というわけでもないのかもしれない。

「よし、じゃあもういっかい」

瀬奈にせかされ、僕はもう一度手のひらに〝人〟という文字を三回なぞる。それを口元へと近づけようとした時、その手を瀬奈が両手で包み込むように摑《つか》み、自分の口元へと寄せる。

瀬奈は「すっ」と短く息を吸い込む。僕の手のひらに、かすかだけど彼女の吐息のぬくもりと、唇のやわらかい感触が残る。

「えっ……」

呟《つぶや》く僕に目を流し「なに？」と一言――。

「もしかして、アタシは緊張なんてしてないと思ってた？　そんなことないんだよ。これでも、実はすっごい緊張してるんだからっ」

――いや、そういうことではないのだが……

「よし、じゃあ行こうか」

立ち上がって一歩前へと進む瀬奈。それに合わせて僕も立ち上がる。

さっきまでとは比べ物にならないほどに心臓がバクバクと悲鳴を上げている。もう、吊り橋だとかそんなレベルじゃない。

第四幕。恋に悩むリア王とその忠臣であるケント伯のシーンから物語は再開される。

『――ああ、私はどうしたらいいんだ。地位も名誉もプライドも、もう何もいらない。欲しいのは、コーデリアただひとり……

しかし、今となってはもうどうすることもできない。私はすでに結婚してしまっているし、コーデリアは国家に反逆した家系の娘。どうしたってこの想《おも》い、成し遂げる事はかなわない。ああ、ケントよ私は一体どうしたらいい……』

『リア王様。本当にコーデリア様以外に何もいらないとお思いですか？』

『ああ、もちろんだとも。彼女のためならば、この命だって惜しいとは思うまい』

『もし本当にそうお思いならば、国も地位も名誉も捨ててコーデリア様とどこか遠くの地に逃げる……という道もあります』

『しかし、王の私が逃げるなど……』

『心配には及びますまい。実質、今この国を統治しているのはクローディアスです。リア王様が今ここでお逃げになっても、すぐに国が傾くということはありますまい。もし、その覚悟がおありとあらばこのケント、お二人の逃亡に助力いたします』

『……わかった。ケントよ、その助け、借りられるか？』

『はい、お任せください』

セリフを言いながら、僕はふと思う。このケントのセリフ、聞きようによってはリア王に対し、〝もうお前いらないからどっかいけよ〟的なニュアンスに聞こえないだろうか。

どうせ気づくならもっと前に気づくべきだったが、本番になって初めて気が付いたところでもうどうしようもない。あとは勢いに任せるしかないのだ。

シーンは変わり、次は僕がコーデリアのところに行き、駆け落ちをする待ち合わせ場所を決め、軟禁状態のコーデリアを解放する。

これで、またひとまず脇役に過ぎない僕の出番はしばらくない。ほっと一息つきながら舞台の袖で皆の演劇を見守ることになる。

リアとコーデリアの逢引《あいびき》場所は郊外にある廃墟《はいきょ》。草木も眠る深夜、待ち合わせ場所でひとり、コーデリアが来るのを待つリア王の前に突如現れたのはコーデリアではない。病にて急死した父王だった。

『リアよ、心して聞くがよい。わしの死んだのは病のためではない。殺されたのだ』

『殺された？』

『毒を飲まされたのじゃ』

『一体誰がそのようなことを？』

『わからぬか？　お前の母、ガートルードじゃ』

『は、母上が？　いったいなぜ？』

『うむ、あれと弟のクローディアスは恋仲にあったようじゃ。それでわしのことが疎ましくなったのじゃろう』

『そ、そのようなことが……まさか』

『女の心というものはな、うつろいやすいものなのじゃ。しかしなリア。母を恨んではならんぞ。悪いのはおそらくクローディアスの方じゃろう。あやつめ、おそらく権力欲しさにガートルードをたらしこんだのであろう。気をつけろよリア、奴《やつ》は次にお前を国から追放しようとするやもしれん』

『気を付けるも何も……もう少しで私は国を捨てて逃げ出すところでした。いや、こうしてはいられない。すぐさま城へと戻り、母上の不義の真偽を確かめなくては！』

王の幽霊は消え、リア王は城へと立ち去る。

誰もいなくなった廃墟に遅れて来たコーデリアはひとり、暗闇の恐怖におびえながらうずくまる。

シーンは変わり王城に。止める衛兵を押しのけてリア王が無理にクローディアスの寝室に入ると、そこには一つのベッドの中、母ガートルードとクローディアスがいるのを確認する。

『やはり、母の不義は事実であったか！　おのれクローディアス！　剣をとれ！　父の敵、ここで晴らす！』

『何を偉そうにこのクソガキが！　ええい、この際きさまも逆賊としてこの場で成敗し、この国は私が貰《もら》い受けようぞ！』

クローディアスは剣をとり、リア王との激しい殺陣《たて》を演じる。

普段は裏方の仕事ばかりをやっていてあまり活発そうには見えない脇屋先輩だったが、

さすがは演劇部の三年生。見事な立ち回りはやはり昨日今日はじめたばかりの素人でないことは一目瞭然だ。しかし、やはりそんな脇屋先輩に勝るとも劣らない昨日今日殺陣の練習を始めたばかりの大我がすごいということが余計に目立つ。

激しい剣戟《けんげき》の末、クローディアスの剣がリアをとらえる。リアにとどめを刺そうと突いたクローディアスの剣は我が息子を守ろうとするガートルードを貫く。

『ガートルード!』

『母上!』

ひるんだクローディアスめがけてリアの剣が振り下ろされる。

『母上……せめてもの手向けだ。クローディアスとはあの世で共に暮らすがいいさ……』

いったん幕が引き、いよいよ物語は終幕へと突入する。舞台の袖に降りてきた瀬奈は自らの演じるガートルードが死んだことで出番は終了。汗で額に張り付いた髪の毛は、いつでも天真爛漫《てんしんらんまん》な彼女でさえ緊張していたというゆるぎない証拠だ。クローディアス役の脇屋先輩も舞台の登場はここで終わりだが、彼にはまだ照明や効果音など裏方の仕事が残っている。とべっち先輩もチョイ役ではあるがまだ舞台に登場する予定があるので脇屋先輩と交代だ。

そしてケント役の僕にもまだ少し出番がある。

舞台の上では終幕が始まっている。王とはいえ国家を混乱に陥れた罪は免れることができない。せめてもの計らいで身分を剝奪《はくだつ》され地方へと追放されるリア王。旅立ちの際の妻ゴネリルとの別れのシーン。

『お願いです、リア様！　わたしもつれていってくださいまし！』

『ならん！　お前まで王都を離れてこの国はどうなる？　もう、モンタギュー家の一族はお前しかいないのだ。ゴネリル、お前が女王となってこの国を守って行かなければならない。いいな！』

すがるゴネリル——笹葉さんを振りほどいて立ち去る大我。

『ああ、リア様……』

泣き崩れる笹葉さん。われながら、よくもこんな残酷な脚本を書いたものだ。これでは笹葉さんを捨てて栞さんを求める事実そのものじゃあないか。そしてこの後そのすべてを知りながらも大我の手助けをしようとする僕もケント伯そのものと言える。

実際脚本を書くときにそのことを意識しなかったというわけでは無いが、その時はまさかゴネリル役を笹葉さんが演じるとは思ってもいなかった。こうして、まるで事実の再現のような舞台になったことをどうか許してほしいところだ……と、その時舞台上のゴネリルが予想外の行動を取り始めた。

本来の予定ではリア王が舞台袖に行ったところで暗転し次のシーンになるところだが、暗転する直前、泣き崩れるゴネリルは胸元から薬の瓶を取り出す。

『ああ、リア様のいなくなったこの世界で、どうして生きている価値などありましょう。それならばいっそ……』

——どういうことだ？

僕はそんなセリフなんて脚本に書いた覚えはない。

舞台の裏で照明を操作しようとしていた脇屋先輩が袖にいる僕の方を見る。

いや、そんなことをされても僕にだってどうすればいいかわからない。しかし、笹葉さんが舞台の上でセリフをしゃべっている以上、途中で照明を落とすわけにもいくまい。

演者の皆が不安そうに見守る中、舞台上のゴネリルは薬の中身を飲み干し、苦しみながらにその場に倒れ込んだ。

——これは……もしかすると彼女なりのささやかな抵抗だったのだろうか？

自分を捨てた大我に対し、自らの死を持ち出すことで彼を糾弾しようとしたのかもしれない。

その真相を、僕は笹葉さんに後で聞いてみたいとも思ったが、果たして僕にそんなことを聞く勇気があるだろうか。脇屋先輩は倒れたゴネリルがもうそれ以上の演技を必要としていないであろうことを確認し、照明を暗転させた。

つい、予想外のことが起きて舞台に見入ってしまっていたが、次のシーンは僕の登場だ。慌てて舞台脇に構える。手のひらに、〝人〟という文字を三回書いてから口をつけて吸い込む。その場所は、さっき瀬奈の唇が触れた場所だ。わかっていて、わざとやっている。

クローディアスの死後、領地を返されたキャピュレット家。しかし家督を継ぐティボルトは既になく、家の復興を期待されるコーデリアは婚姻の話を持ちかけられる。

しかし、その胸のうちは未《いま》だリアとともにある。

望まぬ結婚をするよりも、あえて死を選ぼうとするコーデリアの前にケント伯が登場する。

『コーデリアよ。そなたには死を以《もっ》てしてでもリア王と添い遂げたいと願う覚悟がおありか』

『もちろんですわ。ケント殿。愛するものを失った世界で、どうして生きていく意味などあるでしょう』

『うむ、よくぞ言った。ならば、この毒薬を飲むがよい』

僕、ケント伯はポケットから薬の入った瓶を取り出す。こうして改めてその瓶を見ると、つい先ほどのシーンでゴネリルが飲んで死んだ毒薬とまったく同じ瓶だ。どうせ使いまわしなのだろうから仕方ないのだが、その瓶に一抹の不安がよぎったのもまた事実だ。

『この薬はな、飲めばたちまち呼吸が止まり、心臓も動きを止める。そしてそなた、コーデリアの遺体は町はずれの霊廟《れいびょう》へと収められるだろう』

コーデリア、黙って肯《うなず》く。

『しかしな、これは偽りの死の薬。一度心臓の動きを止めてもまた、一日もすれば止まった心臓は動き出す。そこでな、コーデリアはそのまま都を離れ、遠く離れた郊外でリア王様とおち合い、共に暮らすが良い……』

手に持った薬瓶をコーデリアに手渡すと、『ああ、ケント様！』と言いながら栞さんが僕に抱きつく。豊満な胸が僕の胸に当たり、何度も練習を繰り返してきたにもかかわらず相変わらず緊張してしまう。

薬を受け取ったコーデリアは一気に薬を飲み干し、その場で倒れゆくところを僕が支える。そのまま、俗にいうお姫様抱っこという形で舞台の袖にはける僕。これにて、僕の登場シーンはすべて終わりとなる。

舞台の袖で息をついた僕は隣に座る瀬奈とともに舞台のラストシーンを眺める。

客席からは見えないだろうが、舞台を挟んで反対側の舞台の袖に、そんな僕たちを見つめる笹葉さんの姿があった。

先程、脚本になかった演出をした笹葉さんではあったが、舞台は問題なく進行しているし、僕から別段そのことを指摘する必要もない。遠くからではあるが、笹葉さんの労をねぎらいささやかに微笑《ほほえ》んで見せた。

しかし、笹葉さんの表情は遠くからでもまだ緊張した面持ちなのがわかった。

まるで、まだ自分の演技はすべて終わったわけでは無く、まだ続きがあるのだという緊張感だ。

僕は、その時ちゃんとそんな彼女の動向に気づいておくべきだった。その後に起きる、予想外な展開など微塵《みじん》も考えていなかったのだ。

ステージの中央ではまさにクライマックスシーン。ケント伯がリア王によみがえったコーデリアを迎えに行くよう伝えるための遣いを走らせてはいたが、コーデリアの訃報を耳にしたリア王がいてもたってもいられなくなりコーデリアの眠る霊廟へと向かい、不幸にも遣いとすれ違ってしまう。

霊廟で心臓の鼓動を止めたコーデリアに泣きつき、悲嘆の末取り出したナイフで胸を突こうとする。

原作となる『ロミオとジュリエット』ではロミオの死後、ジュリエットが息を吹き返し、傍《かたわ》らで死んでいるロミオに気づき、自らも同じナイフで胸を突いて心中する……が、あまりにも悲劇的すぎる結末を僕は変更することにした。

胸を突いて自害しようとするリア王を前に、直前で息を吹き返したコーデリアがそれを止め、二人はハッピーエンドを迎えるというものだ……

——いや、わかっている。それがいかに茶番でご都合主義的な結末かということぐらいは。

しかし、この舞台は演劇であって演劇ではない。事実、僕の親友黒崎《くろさき》大我がその青春時代に胸を痛めている恋煩いの大願成就をモチーフにしたものだ。

リア王がナイフを高く掲げ、観衆が息をのむ。体育館全体が凍りついたように沈黙し、薄っぺらい体育館の天井を激しく雨粒がたたく音だけが響く。わずかな沈黙が、随分長いようにも感じる……

——いや、本当に長すぎる。

脚本通りに目を覚まさないコーデリアの演技にリア王役の大我は戸惑う。いつも冷静なはずの大我が少し取り乱しているようにも見える。ちらりと、舞台の袖にいる僕に視線を向ける。

そんなことをされても困る。僕にだってどうすることもできない。

あまりに長い沈黙に、観客からざわめきがこぼれはじめる。まさか、栞さんは本当に眠ってしまってるのではないだろうか……

なんて、そんな甘い考えが単なる願望に過ぎないことくらい自分自身ちゃんとわかっている。

栞さんは、そんなドジッコなんかじゃない。思慮深く、聡明《そうめい》で、何より狡猾《こうかつ》だ。

おそらくこれは彼女のなんらかの企《たくら》みに違いあるまい。またしても僕たちは、おそらくまんまと彼女の策略に嵌《は》められてしまったのだろう。

舞台袖の僕の額に冷ややかな汗が大きな粒をつくり、それが流れ落ちようとすると同時にコーデリアはようやく起き上がる。

会場の誰もがようやくほっと一息をついたところで栞さんは大我に向かって言う。

『まったく、しびれを切らしましたわ。あなた、いつになったらそのナイフを胸に突き立てるのかしら？』

再び観客と、大我とが息をのむ。

『ナイフを振り上げるだけ振り上げておいて、その胸に突き立てる勇気もないなんて、なんて情けないことなのでしょう。そのような一貫性の欠けた男に、ひとりの女を永遠に愛し続けるのなんてきっと無理ですわね』

――マズイ。この演劇は完全に栞さんに乗っ取られてしまった。

大我が、この演劇を通して栞さんに伝えたかった言葉は当然彼女に伝わっている。しかし、彼女はそれをわかった上であえて大我に物申したかったのだろう。

以前、自分と交際しておきながらそれを捨てて、笹葉さんという恋人を作ってはまた捨てる。そんな大我を、栞さんは許してはいない。

もちろんこれは、そんな簡単な話などではない。栞さんには栞さんの言い分が、そして大我には大我の言い分がある。本当は何も知らない僕なんかが間に入ってこんな茶番に仕上げるべきではなかったのかもしれない。当人同士の問題なんて、互いにちゃんと向かい合って話し合ってこそその先に進める物語なのかもしれない。ましてや男と女、黙っているままではそう簡単に想《おも》いなんて通じるものじゃない。

それはなにも大我と栞さんだけのことじゃない。きっと彼女も、それに彼だって、もちろん彼女も、そして僕にだってそれは言える事だろう。

どうしていいのか困窮した大我は舞台の袖にいる僕の方に救いを求めて視線を送る。

そんなことをされても困る。

僕だって、どうすることもできない——いや、僕がどうにかする事じゃない。大我自身が、決めなければならないことだ。

僕は黙って目を伏せた。大我は栞さんに向き直る。

『ああ、コーデリア……あなたは私の死を望んでいるのか？』

『愛は、望んではいない。あなたは既に王などではなく、王の器でもありえない……』

『……そうか……どうか、許してくれよ、コーデリア……』

リア王は、黒崎大我はその掲げたナイフを胸に突き立てた。

大我がその場に崩れ落ち、栞さんが立ち上がる。舞台の反対側、脇屋先輩の隣に立っていた、ティボルトの衣装を着た男がステージ上に現れ、コーデリアの隣に立つ。

『うまくいったな』

『はい。お兄様——』

書き換えられた脚本が、すべて自分たちの思惑通りに行ったかのような口ぶりのセリフだ。

『リアに殺されたフリをしたオレが亡き前王の格好で奴《やつ》の前に現れた時、アイツは全く気づく気配もなかったオレを父の幽霊だと信じ込むとは、実に愚かな奴だ』

当然僕はそんなセリフを書いてもいないし、そんなつもりでストーリーを組んでもいない。しかしその一言で物語は全く別の方向へと進み始めた。

しかし、そもそもこのティボルトの衣装を着た男、この男は一体誰なんだ？　とべっち先輩でないのは確かだ。

ずいぶんと顔立ちの整った男だ。前半のステージでティボルトの役を演じていたとべっち先輩は僕の隣にいる。言っては悪いが、とべっち先輩とは似ても似つかないほどのいい男だ。まあ、背恰好《せかっこう》はそれほど違うわけでもないので、客席のうしろの方の人ならば一目見ただけではティボルト役の人物が入れ替わったことになど気が付かないかもしれない。

しかし、あまりにも響きのよいその声はきっとそれほど広いとは言えない会場の体育館内に響き渡る。前の方の客席から黄色い声が飛び交う。

「……城井《しろい》」

とべっち先輩がつぶやく。なるほどこの男が演劇部を窮地に追いやっておきながら自分は素知らぬ顔で逃げ出した男か。

いまさらノコノコとステージに上がってきては僕の脚本を踏みにじった男。知らない間に栞さんと結託して僕の脚本を書き換えたのだ。

ステージ上の予想外な展開にくぎ付けになっていた僕が、向かいの舞台袖に笹葉さんがいないことに気が付いたのはその頃だ。

スポットライトが自害するリア王にあてられている隙に、霊廟の隅にもう一つの棺《ひつぎ》が置かれていた。

城井先輩扮《ふん》するティボルトと栞さん扮するコーデリアが棺の前に移動する。脇屋先輩がライトを操作して棺にスポットを当てる。

二人が開けた棺に横たわっているのは毒を飲んで死んでしまった笹葉さん扮するゴネリルの遺体だ。

『だいじょうぶだ。もうじき目を覚ます』

ティボルトの言葉に、ゆっくりと目を覚ますゴネリル。ティボルトはしゃがみ、ゴネリルの手を取る。

『だいじょうぶ、あなたが飲んだ毒薬はコーデリアが飲んだものと同じ薬。一時的に、仮死状態をつくるだけにすぎません。その想いを貫く心こそが王たる器。あなたこそこの国の女王にふさわしい……さあ、これからはモンタギュー家とキャピュレット家、共に手を取り合いながらこの国を治めていきましょう』

――まったく、これはこれで一つのハッピーエンドではないか。

自分勝手なモンタギュー家の王族は皆死に、純真だったゴネリルだけが生き残って女王となる。その傍らにいるのは滅んだはずのキャピュレット家の王子ティボルト。二人が結婚して国を継げば、両家の争いのない国が出来上がることだろう……

だがしかし、これは僕の書いた物語なんかではない。それがちょっと腑《ふ》に落ちない。

僕だって僕なりにこの物語をつくってきたのだ。勝手に書き換えられたのでは納得がいかない。

そんな僕の耳元で、瀬奈がぽつりとつぶやいた。

「ねえ、ユウ。サラサって、あの男と結婚しちゃうわけ？」

「え？　たぶん、ストーリー的にはそういう結末……なんだと思う」

「ユウは、それでいいの？」

「えっ」

瀬奈に言われ、なぜだか知らないがそれはとてもよくないことのような気がした。

もちろん、僕の創ったストーリーとは違うし、あの城井って男はなんだか気に入らない。いつもいつも栞さんのいいように操られるっていうのも気に入らないが、なんだかそもそも根源的にすごく嫌な気がする。

僕はこの物語を、こんな形で終わりにしてしまいたくはない。

どんっ！　と、僕の背中が強く平手でたたかれた。とべっち先輩だ。

「行けよ。真打登場だ！」

「真打？　僕が？」

とべっち先輩が強く頷《うなず》く。この人、こんなに頼もしい人だったか？

「奪われたものは奪い返すのよ！」

瀬奈まで僕に発破をかける。

――やってやろうじゃないか。真打登場だ！

ステージ右端ではゴネリルとティボルトが手を取り合って立ち上がる。まさに舞台はひとつのハッピーエンドを迎えようとしている。

『そうはさせるものか！』

ステージの端から登場した僕、ケント伯にスポットライトが当たる。まるで、こうなることを予測でもしていたように正確に僕の登場に合わせられたスポット。

ステージ上の左右二つのスポットライトの中央の暗闇の中には、短剣を胸に突き立てて死んだままのリア王が居る。大我はさすがに今の状況で自分がその場にいることがまずいと判断し、倒れた状態のままスポットライトに当たらないよう、逃げるように舞台の袖へと避難する。

そして、それを待っていたかのようにステージ全体が明るくなる。

『だれだ、お前は』

ゆっくりと振り返りながらティボルトが言う。

『ケント様！』

笹葉さんが、僕にすがるような目でそう叫ぶ。

——あれ？ ケント伯って王妃であるゴネリルに様付されるような立場だっけ？ などと一瞬考えるが、今はそんなことはどうだっていい。ここまで来たからにはあとは勢いに任せて思いっきりアドリブでどうにかするしかない。

『リア様の愛したこの国を、きさまのような賊にみすみす渡してなるものか！』

『ほほう、おもしろい。ならば、やってみるがいい』

ティボルトが剣を抜く。それに合わせて僕も腰にぶら下げていた剣を鞘《さや》から引きだす。ただのハリボテだと思っていたけれど、ちゃんと僕の携行している剣も鞘から抜けるように作っていた脇屋先輩に感謝だ。本来舞台の上で剣を抜く予定なんて一切なかったケント伯の剣を、わざわざ鞘から抜けるように作る必要もなかったはずなのに。

『いざ！』

剣を構えてティボルトめがけて切りかかるが、ティボルトはそれを簡単に弾《はじ》き返《かえ》し、反動でよろけた僕はその場に盛大に転んでしまう。

しかし、すぐさま起き上がり、二度目三度目とティボルトに向けて剣をふるう。しかし、そのどれもをティボルトは簡単にかわし、そして打ち返す。

そもそも、殺陣《たて》なんてやるつもりもなかったし、練習だってしてこなかった僕だ。見よう見まねで剣を振り回す演技をしたところで、そんなへなちょこな動きはティボルト、いや、演劇部のエースである城井にはふざけているようにしか見えないのだろう。いくら僕から打ちかかったところで、城井はそれを全て簡単に打ち返してしまう。僕としてはこのままティボルトを打ち倒して無理やりハッピーエンドと行きたかったところなのだけれど、おそらく城井にとってそれは望まない展開らしい。

『ふん、他愛もない』

言い捨てた城井は反撃に出る。次々に打ちつけてくる剣戟《けんげき》。僕はそれらを受け止めていくのが精いっぱいだ。たとえそれがおもちゃの剣だったとしても、演劇という名目でやっている以上それを食らってしまったなら僕は死ぬ演技をしなくてはならないだろう。そして舞台は城井の思う通りに進んでしまう。

それは、何としても避けたいところだ。

僕は、立て続けに打ちつけられるすさまじい城井の剣戟を受け止めながら、一瞬のそのすきをうかがっていた。

ひとつの剣戟を受け止め、次の剣戟のために振りかぶるモーションの一瞬の隙、その瞬間に僕は足を思い切り踏ん張り、前かがみで重心を前へと落とす。剣を横から振り抜こうと、一歩前へと踏み出す。

次の瞬間！

僕の目の前には城井の足があった。

僕の反撃の瞬間を見きった城井は、容赦なく僕の顔面へと蹴りをいれ、僕はその勢いで思いっきりステージにぶっ倒れる。もはやこんなの、演技でも何でもない。僕は言い逃れする余地もなく、城井に負けてしまったのだ。

『ふん、雑魚が、調子に乗るなよ』

城井の剣が僕に向けて振り上げられる。覚悟を決めた僕はその場で目を瞑《つぶ》る。自分のふがいなさをかみしめ、余計なことをするんじゃなかったと後悔がよぎる。

『お願いやめて！』

その声に瞑った目を薄目で少し開くと、目の前の城井、ティボルトに後ろから両手でしがみつく笹葉さん、ゴネリルの姿があった。

『ゴネリル！　何のつもりだ！』

『お願い！　そのひとはわたしの、わたしの……』

倒れている僕を目の前に、後ろに振り向くティボルト。少し卑怯《ひきょう》ではあるかもしれないが、僕はその一瞬を突き、持っていた剣をティボルトに突き立てる。

『な……ゴ、ゴネリル……君は、私ではなくこの男を選ぶというのか……』

ティボルトはその場に崩れ落ちる。

『おのれ、キャピュレットの野望ももはやここまでか……』

コーデリアはそれだけ言い残し、舞台を去る。

ステージに残されたのは僕、ケント伯と笹葉さん、ゴネリルだけだ。シンと静まり返った舞台中央、笹葉さんがゆっくりと立ち上がる。キラキラとしたまなざしで僕をゆっくりと見つめる。

『ああ、ケント様！』

笹葉さんは僕に抱きつく。合わせるように、僕も笹葉さんを抱きしめる。柔らかなその体が胸の中でかすかに震えている。少し汗のにおいのする彼女の髪から甘い香りが漂う。

——これは、よくない。

なれない演劇の、しかもアドリブ演技中というかつて無いような緊張感の中、笹葉さんとこんなに触れ合ってしまうと……いわゆる吊《つ》り橋《ばし》効果とでもいうのだろうか。理性が、追いつかなくなってしまいそうだ。すぐ後ろで、僕たちの様子を瀬奈が見守っているというのに。

そんな僕の感情をよそに、ステージの幕がゆっくりと下りていく。観客たちが立ち上がり拍手喝采をしている。

一応、物語はここでハッピーエンドを迎えたことになるのだろうか……

僕自身、これが一体何の物語だったのかさえよくわからない状況だが、見ていたみんなが納得してくれたというのならば文句はあるまい。脚本を担当した僕としては十分冥利に

尽きる。

ステージの内側、客席との間の緞帳《どんちょう》が完全に閉まりきると、二人同時に大きく安堵《あんど》のため息をつく。湿り気のある暑い吐息が首筋にかかる。

暑い……。天井からぶら下がるハロゲンライトがジリジリと僕の何かを焦がす。背中に汗が滲《にじ》む。

ステージ脇にいた他の出演者たちも拍手をしながらステージ中央に集まる。ティボルト役の城井先輩も立ち上がり僕に言う。

「おい、いつまでそうやってるつもりだよ」

僕は城井先輩に言われてはたと気が付いた。ステージの幕が下りきったにもかかわらず、僕は笹葉さんを抱きしめ続けていたのだ。目の前の笹葉さんが耳まで真っ赤にして僕を見つめていた。

「あ、ああ……ごめん」

慌ててその手を放す。きっと、緊張感のあまりそうしていないと落ち着かなかったのだろうと自分自身に言い訳をする。

さて、演劇は無事終わった。これで僕の役目も……

「さあ、最後もういっぱつ盛り上げるぞー」

瀬奈がこぶしを突き上げて発破をかける。

バンド、フラッパーズのメンバーがスタジオセットの衝立《ついたて》の裏でセットを終えて、フェイクのギターとベースを持ち出してきた。笹葉さんはすでに舞台のドレスを着たままフェイクのキーボードの前に立っていた。ギターを大我が受け取り、ベースを栞さんが受け取った。

マイクを手に摑《つか》んだ瀬奈がステージの中央に立ち、ほかの演劇メンバーはステージを後にする。部外者である僕も、ステージにいるべきではないのだろう。

瀬奈に声を掛ける。

「なあ、ドラムのフェイクがいないんじゃないのか？」

「いや、さすがにフリとはいえ、ドラムは無理でしょ。それに、フェイクのためにドラムセットもう一つ用意するの大変だし……」

確かに瀬奈の言うとおりだ。

だから、僕は栞さんのところに歩み寄る。

「すいません、差し出がましいようなんですが……、そのベースは僕に譲ってくれないですか？」

栞さんはニヤついた表情で言う。

「たけぴーにできるのかい？」

ベースのストラップをはずしながら言う。たぶん彼女は初めから、僕がこんなことを言い出すのを予測していたのだろう。

「伊達《だて》と酔狂は僕の専売特許です」

ベースを僕が受け取り、栞さんは舞台の袖にはけていく。瀬奈は、そんな僕を見ながら眉と目とで二つのVを作りながら『ししっ！』と笑っている。

――僕だって、居心地のいいこの四人で何かをしたいと日ごろから思ってはいるんだ。そうしてできるならば、これから先もこの四人であり続けたいと思っている……

再び、幕が上がる。

さっきまでとはまた、少し違った歓声がステージ上に届く。瀬奈はもちろん、笹葉さんに大我。さっきまでの演劇から引き続き、皆一様に王様やらお姫様のコスプレをしているのだ。バンドのメンバーのルックス的には僕以外には文句の付け所が無い。

瀬奈の澄んだ声色で音楽はスタートする。

僕たちは演奏のフリをするだけだ。それほど難しいことじゃない。

イントロが流れ始めたとき、悔しいけれど僕はその曲を知っていることに気が付いた。いつの日だったか瀬奈と二人で聞いた曲だ。はじめ聞いたときはそれほど好きでもなかったのだが、瀬奈が口ずさむたびにあの日のことを思い出し、いつの間にか僕も気に入ってしまい口ずさむこともあった。『フライングマイガール』という曲だ。ヴォーカルの瀬奈がフラッパーズの名の通りおてんば娘のごとく、飛び跳ねるようにステージの上で歌う。

今回の一件で一番飛び跳ねたと言っていいのは、やはり瀬奈ではなく笹葉さんの方だろう。いつだったか、自分が閉じこもって身動きできないと言っていた笹葉さん、いつしかみごとにサナギから蝶《ちょう》となって羽ばたいたのだと思う。

それに引き換え……我らがリア王黒崎大我についてはまるでいいところなしだった。自らの恋に邁進《まいしん》すると言っておきながら臆病になり、僕が余計なおせっかいをしようとしたばかりに多くの群集の前で、栞さんにフラれるみたいになってしまった。もちろん責任の一端は僕にあるわけだが、やはり大我自身、自分の殻を破れずに仮面をつけ続けたことにも原因があるのではないだろうか。彼の仮面の下にあるその素顔は決して醜いものなどではないはずで、案外直球で攻めていればうまくいっていたのかもしれないなどと考えている。

しかし今回彼が心に負った傷は案外大きなものらしく、なんでも完璧にこなすリア王がこんな簡単な演奏するフリさえおぼつかない。ギターを演奏する指の動きと、実際に聞こえている演奏の音とがまるで嚙《か》み合っていないのだ。これではさすがに僕たちが演奏していないことがばれてしまうじゃないか……

——いや、よくよく考えてみればもう一組、仮面なんて脱ぎ捨てた方がいい奴《やつ》らがいるんじゃないだろうか。

これまた僕のおせっかいなのかもしれないけれど、それでも僕はこういうことをついついやりたくなってしまう性分らしいのだ。

僕は、演奏するフリをやめ、両手を大きく天井に掲げた。何事かと観客が僕に注目するが演奏のベースの音は依然鳴り続けている。これで、僕たちが実際に演奏していないことが完全にバレたはずだ。もう、いまさら後には引けない。

僕はうしろをふりかえり、演劇用に用意されたその大きな背景の衝立に手をかけた。きっとこの衝立の裏で実際に演奏している本物のフラッパーズは、次の瞬間に起こるハプニングなんてきっと予想していないだろう。慌て驚くその姿を想像して、性格の悪い僕は軽くほくそ笑む。衝立の向こうを覗《のぞ》くとステージ裏で照明の管理をしている脇屋先輩が僕にサムズアップを示している。今回、僕が最も見くびってしまっていたのはこの男だろう。

音楽はまさに佳境に入り、サビへと続くメロディーへと差し掛かる。テンポが速くなるに従い、ステージ上にはいないドラムの連打音が鳴り響く。大我や笹葉さん、それに観客の不安そうな視線を一身に受けた僕はゆっくりと衝立に力を入れる。大きな衝立はゆっくりと倒れ、ステージ上の照明が暗転する。ただ中央の、見た目こそあまり冴《さ》えない本物のフラッパーズ達にしっかりとスポットライトがあてられる。さすがは脇屋先輩、グッジョブだ。

一瞬の出来事におどろきを隠せない本物のフラッパーズだが、このタイミングで演奏をやめてしまうほどに素人むき出しなやつらじゃない。表に出るつもりのなかった彼らにステージ衣装なんて存在しない。一目であかぬけていないことが丸わかりするほどに校則をきちんと守って着た制服姿の彼らが汗にまれて必死で演奏する姿が照らし出される。

その姿を、僕は純粋にかっこいいと感じた。僕と大我、それに笹葉さんはステージから離れ、舞台の袖で観客となる。本物のフラッパーズの傍《そば》に駆け寄った瀬奈は僕たちと演奏しているときよりももっとずっといい笑顔で歌い続けた。

観客からの割れんばかりの歓声が会場を包む。最後の最後で、すっかり本物のフラッパーズにステージの主役を持って行かれてしまったようだ。

それを僕は、なぜか誇りに思う。

シェイクスピアは、『ロミオとジュリエット』という悲劇的な結末を迎える戯曲を〝喜劇〟だと位置づけているらしい。

確かにロミオとジュリエットは社会のことをまるで理解できてなどいないし、自分たちだけの狭い世界の中で目の前にぶら下がった恋を世界のすべてだとして盲目的な行動を起こすのだ。

ならばシェイクスピアに一言物申すことにしよう。

――笑いたければ笑うがいい。

それでも未熟な僕たちにとって目の前にぶら下がる些細《ささい》な恋愛や苦悩こそがすべてであり、だからこそそれらにすべてを捧《ささ》げてみたいなどとほざきながら過ごす毎日が、誰に笑われようとも、ちっぽけな僕たちにとってはそれこそが大事なことなんだ。

学園祭が終わるとほぼ同時に通り雨はやんだ。

騒々しい祭りが終わり、来客は去る。各々が胸にこの日の思い出を刻みながら片付けをこなしていた。それぞれクラスの出し物や委員会の作業のある者もいれば、もう作業を終えて後夜祭の時間を待ち遠しくしているものも少なくない。

僕の作業ももうすぐ終わる。僕はステージ裏で演劇部の片付けを手伝っている。ここに残っているのはもう僕と脇屋先輩だけだ。先輩の作業もあらかた終わったようなので、階段下の照明装置とモニターの並ぶ彼の定位置に近づき話しかける。床の焦げ付きを足で隠すように立ち、真上の白熱球の洗礼を、頭頂でジリジリと感じる。

「脇屋先輩はどうして今回の演劇をどうしてもやりたいと考えたんですか？　とべっち先輩から聞きましたよ。どうしても脇屋先輩がやりたいっていうからやるんだって……。あ、思い出作りっていうのはナシですよ」

「ふん、本当にやりたかったのはあいつの方だよ」脇屋先輩はクールに言ってみせる。

「あいつは部長なんて似合わない肩書背負ったばかりにいつも自分を犠牲に生きているからな。俺が無理にでもやりたいって言わなきゃ我慢するだろ。本当は自分だってやりたいくせに……。見ててわかるだろ？　城井がバケモンみたいなだけで戸部《とべ》だって演劇に関してはなかなかだ」

「まったくですね。何しろ小火《ぼや》の件でも自分を犠牲にするくらいですからね」

「……気づいていたのか？」

「ええ、まあ。さすがにLEDの照明じゃあ収斂《しゅうれん》火災は起きませんからね。もっと直接的な火種があったんですよ。ほら、ここあまり人目につかないし、換気扇の真下だし……。脇屋先輩だってずっと知っていたんでしょ？　ここ、ほとんど先輩の定位置ですし、換気扇があっても喫煙後しばらくは匂いだって少しくらいは残るでしょう？　自分がここへ戻ってくる前に誰がここにいたのかを考えれば真犯人がわからないはずがないです」

「そんなことが発覚したならまあ間違いなくアイツは終わりだろう。でも、それはあまりにももったいないだろ？　俺も戸部もそれをわかっているからこそ隠すことにしたんだ」

「そうですか。僕はてっきりわかっていて放置していたことで事件が起きてしまい、とべっち先輩にそれを庇《かば》わせたことで脇屋先輩自身に後ろめたさがあったからだと思っていたんですけど」

「まあ、それもあるかもしれないな。でもまあ、残念ながら俺も戸部もいくら演劇をやっているからってそれで将来食っていけるかっていうとそれほどではないだろう、そんなに甘い世界じゃないよ。だけどアイツは違う。いつかアイツが有名になって、昔一緒に演劇をしていたんだって自慢くらいはしたいところってのが本音かな」

「まあ、わからなくもないです。僕も周りに優秀すぎる人が多すぎて……。だからせめて優秀なワトソン役でありたいと考えているんです。天才の隣にいた凡人にできることといえばそれらの出来事を記録に残すことくらいですからね」

「それが君がペンを握る理由かい？」

「いえ、すいません。カッコつけすぎました」

「いや、お前は十分にかっこいいよ。俺が将来どこかで演劇を続けているようならまた脚本を書いてくれよ」

「その時はちゃんとギャラをいただきます。高いですよ？」

「生意気だな」

「生意気ついでにもう一つ。脇屋先輩、城井先輩に書き換えられたあの脚本、あらかじめ知っていましたよね？」

「ああ、知っていたさ。でないとあんなに完璧に照明はあてられないだろ」

「まったく。まんまとやられてしまいましたよ」

「まあな。俺はこうやって舞台を裏から操るのが性に合っているんでな」

片付けを終えた脇屋先輩はサムズアップをして帰る。さて、自分もそろそろ帰ろうかと思っていたところにさらなる来訪者があった。生徒会長の星野《ほしの》さんだ。学園祭の実行委員長をしていて、演劇やバンド演奏を行ったステージを笹葉さんや瀬奈と一緒に受け持ってくれていた。

今までほとんど話すらしていなかった彼が僕のところにやってきて「今日はお疲れ様」とねぎらいの言葉を掛けつつ、「ところで、斎藤《さいとう》さんはここにはいないのかな？」と言ってきた。

「いえ、もうここに残っているのは僕だけです。さっきまでは脇屋先輩もいたんですけど。どうかしましたか？」

少し緊張した様子の星野さんが気になり、つい首を突っ込みたくなったのだが、そもそもその斎藤さんとは誰なんだろう。

「い、いや、実はね……後夜祭でキャンプファイヤーをするんだが、その時に彼女を誘ってみようかと思っているんだが……」

なるほど、なかなか彼も隅に置けないものだ。

「そうですか。がんばってください」

「いいのか？」

「いいのか？　なぜ、僕にそんな許可を取る必要が？」

「いや、それは斎藤さんと君が親しげに見えたから……」

「えっと……その斎藤さんというのはいったい……」

「いや、まあ、確かに斎藤なんてこの学校に何人いてもおかしくないね。一年F組の斎藤春奈《はるな》さんだよ」

一年F組と言えば瀬奈と同じクラスだ。ならば瀬奈と話をしているときに周りにいた誰かなのだろう。僕と親しげに見えたというのは星野さんの嫉妬心によるものだろう。何しろ誰とでもうまくやっていけるのが僕の特徴でもある。

「僕は別にそれほど彼女と親しいわけではありませんよ。ですから気にせず誘ってみてください。ああ、そうだ。僕もう、ここから引き揚げますので、今からここへ呼び出すっていうのはどうですか？　何なら、連絡とってみますよ」

「そうだな。頼めるか？」

星野さんは少し照れている様子で言った。瀬奈が教室にいるらしいので彼女にLINEで斎藤春奈さんという人と話をしたい人がいるのでここに呼んでほしい旨を伝える。返信を待つ間の手持無沙汰に星野さんに聞いてみた。

「そういえば、ステージの天井の照明、どうして急にLEDからハロゲン球に戻したんですか？」

「急でもないさ、演劇部の平澤《ひらさわ》さんには前々から言われていたんだけどね。学校側としてもお金を出してLEDに取り換えたばかりだし、予算を回してはもらえなかったんだが……葵《あおい》さんがね、全額自分で持つから大至急用意してほしいと言ったんだ。これ、結構高いんだけどな……」

まさか栞さんがお金を出していただなんて驚きだ。同人誌を描いていて、多少の収入があるとはいえそんなに気前よく支払うなんてとてもじゃないが頭が上がらない。

瀬奈からの返信があった。

「斎藤さん、今からここに来るみたいです。それじゃあ僕は引き揚げますんで、グッドラックです」

星野さん一人を残し、脇屋先輩の真似《まね》をしてサムズアップで体育館を後にした。

後夜祭が始まろうとしていた。グラウンドの中央にキャンプファイヤーが焚《た》かれていて、その隣には仮設ステージが設置されている。はじめはさっさと帰ろうかとも考えていたのだが、何やら楽しそうな雰囲気に、大我に一緒に行かないかと声を掛けたが断られてしまった。思い切って栞さんを誘おうと思っているらしい。

仕方なしに一人でそちらのほうに向かったところ、運よく瀬奈と笹葉さんが二人でいるのを発見した。グラウンドには予想以上の生徒が集まっていた。

「すごい人だな。参加義務のない後夜祭なんてほとんどの生徒は無視して帰ると思っていたのに意外だな」

「あれ、ユウ知らないの？　後夜祭のキャンプファイヤー。一緒に見ると将来結ばれるっていう伝説があるのよ」

「なるほど、そういうことか……」

さっき大我に断られたことや、生徒会長の星野さんのことが頭をよぎる。

「あれ、でもそれっておかしくないか？　キャンプファイヤーって今年初めてやるんじゃなかったか？」

「そりゃそうよ。だってその伝説作ったのアタシたちなんだからっ！」

「ウチまで巻き込まないで、瀬奈が一人で噂《うわさ》をばらまいたんでしょ」

「えへへ、でもまあいいじゃない。嘘《うそ》でもそんな噂を信じたカップルたちが今日こうしてここに集まって、それで幸せになれば伝説は本当になるのよ」

彼女は目を細め、眉とふたつのVサインを作って『ししっ！』と笑う。

「あ、そういえばユウ。さっきハルナを呼び出したのって誰なの？」

「ああ、あれね……生徒会長の星野さんだよ」

本当は守秘義務というのがあるのかもしれない。しかしあいにくだけれど僕は口が軽いのだ。秘密は、暴露されるためにある。

笹葉さんと瀬奈は顔を見合わせて苦笑いをする。もしかして、僕は余計なおせっかいでもしてしまっただろうか。

「それじゃあ、おれたちもキャンプファイヤー見に行こうぜ」

イケメンさながらに両手に華で行こうと誘ってみたのだが瀬奈に断られてしまった。

「実はさ。特設ステージでもう一回歌うことになったんだよね。だからアタシ行けないんだ。

だからユウはサラサと二人で行ってきて」

「ああ、するとあれだな。伝説に従うとおれと笹葉さんがこの後結ばれることになるのかな?」

そんな冗談を言ってみたのは、そのことで瀬奈が少しでも嫉妬してくれたらと思ったからだ。

「何言ってんのよ。そんなことあるわけないでしょ。伝説なんてアタシが勝手にでっち上げたものなんだからねっ!」

その言葉を、どういう意味でとらえたらいいのかはわからない。

トリを務める瀬奈たちフラッパーズが準備を始める中、特設ステージ上ではジャズ研のメンバーによる『Fly me to the moon』が演奏されている。

日が沈み、暗くなった校庭に煌々《こうこう》と輝くかがり火からパチパチとはじけるように火の粉が次々と空高く舞い上がる。星空の中に小さく輝く三日月に向かって。

そして、それを見上げる隣にいる笹葉さんの白い顔は炎の光を浴びて真っ赤に染まっていた。

# 『オセロー』(シェイクスピア著)を読んで　竹久優真

学園祭が終わり、一か月ほどの月日が流れた。朝晩はすっかり冷え込むようになり冬服のブレザーの下にカーディガンを一枚着込む生徒が目立つようになった。それでも依然女子生徒のほとんどは短い丈のスカートに生足をさらけ出し、冷え性であっても必死で何かと戦っている。そこにはきっと一言では言い表せないプライドのようなものがあると言っていい。

まあ哲学はともかくとして、それはすべての男子生徒にとって実に喜ぶべきことだ。

僕と大我《たいが》はあの、文芸部とは名ばかりの漫画研究部へと続く長い階段をゆっくりと上りながらそんなことを考える。階段の上部には、この寒さにもかかわらず短い丈のスカートで無防備に階段を駆け上がる生徒がいる。

実に風光明媚《ふうこうめいび》な景色だと眺めるのは隣に居るイケメンとて同じだ。一瞬ちらりと振り返るそのしぐさに慌てて僕たちはうつむき、ずっとそうして階段を上っていたかのように取り繕う。

「それじゃあ、またあとで」

部室へと向かう大我に一声かけて学食の一つ手前にある校舎のほうへと向かう。

放課後、生徒会執務室に来るようにと生徒会長に呼び出しを受けていたからだ。

生徒会執務室は現在使用している校舎の中で最も古い校舎の、しかも職員室のすぐ向かいにある。それだけでなるべく行きたくなどはないのだが、わざわざ生徒会長様に呼び出されたのだから仕方がない。

生徒会執務室前。ちょうどそこから出てくる一人の生徒に僕は見覚えがあった。なるべくなら関わりあいたくないのでそのままどこかへ行ってほしいのだが、どうやら僕に気づいた彼はその場で僕の到着を待っている様子だ。仕方がないので腹を括《くく》る。

「おお、ちょうどいいところに来た。お前からもアイツに言ってくれないか。オレがぜったいにスターにしてやるってさ」

相変わらず厭味《いやみ》のない美しい顔でそんなことを言うものだからこいつは嫌だ。

とべっち先輩たちが学園祭を最後に引退すると入れ替わりに復帰して、演劇部の新しい部長になった城井《しろい》先輩だ。城井先輩が復帰するやいなや残りの部員も皆こぞって復帰して、演劇部は何事もなかったかのように活動を再開している。あまりに虫のいい話過ぎて僕はどうしてもこの城井将彦《まさひこ》という人物を好きになれないでいる。たぶん、きっと向こうもそう思っているだろう。それでも、最近やたらと僕に絡んでくるのは、僕の近くにいるあの人のことが、随分とお気に入りになっているかららしい。

「いや、でも彼女は彼女で重要な仕事があるので、なかなか簡単にはOKしてくれないと思いますよ」

「だからお前に頼んでるんじゃないか、アイツ、お前の言うことだけは素直に聞くみたいだからさ。それに、生徒会っていうのは部活動とは別だから掛け持ちすることが認められてると言ったのはお前だろ？　だからさ、手が空いているときくらいはこっちに顔を出すように説得してもらえないか？」

——正直。アイツアイツとなれなれしく呼んでいることも気に入らない。いつから城井先輩は笹葉《ささば》さんとそんなに仲良くなったというのだろうか。

学園祭の準備期間中、実行委員になっていた笹葉さんがあまり合同練習に出られなくて、それを陰ながら指導していたのが城井先輩だったという話は聞いた。その練習に付き合っていくうち、いてもたってもいられなくなった城井先輩が栞《しおり》さんにいいように利用され、こっそりと書き換えた脚本で無理やり出演したという話を聞かされた時は正直複雑な気持ちだった。勝手に書き換えられた脚本を笹葉さんにも渡し、何も知らない彼女がまんまとその通りに舞台で演技をしたということも聞かされている。

でも、だからといって、やはり僕の知らないところで笹葉さんと城井先輩が仲良くなっているというのはどうにも気に入らない。なぜかっていわれても、気に入らないのだから気に入らないので仕方ない。

「いや、そもそも城井先輩はなんでそんなに笹葉さんのことを引きこみたがるんです？」

「はあ？　なんでって、彼女に素質があるからだよ。お前、戸部《とべ》さんなあ竹久《たけひさ》。なんでオレが演劇部をやめるって言い出したかわかるか？　お前、戸部さんが小火《ぼや》を起こして演劇が台無しになり、それにオレが腹を立てたと思ってるだろ？」

「違うんですか？」

「表向きにはそうだが真実は違う。原因は別さ、照明だよ。体育館の照明が変わってしまったことにみんな気づきもしなかったのに、笹葉だけはそれに気づいていた。だからオレは指導をすることにしたんだよ」

「照明？　照明って、ステージの照明がＬＥＤに替わったってことですか？　それを、ほかの人が気づかなかったと？」

「ああ、そうだ……。お前も、気づいていたのか？」

「――はあ。まったく……」僕は、先輩に対して厭味を思いっきりぶつけるように大きなため息をついた。「城井先輩は本気で照明がＬＥＤに替わったことに誰も気づいていないと思っていたんですか？　こんなことをあえて言うのも失礼かもしれませんが……城井先輩って結構馬鹿なんじゃないですか？　そんなこと、笹葉さんやおれだけじゃなく、みんな気づいていましたよ。とべっち先輩も、脇屋《わきや》先輩も」

「はん？　気づいていただって？　そんなわけないだろう？　戸部さんは自分のペットボトルの水が原因だと思い込んでいたんだし……」

「そんなわけないでしょう。あれは城井先輩をかばうため、口から出まかせで言ったんですよ。おそらくとべっち先輩はＬＥＤじゃあ収斂《しゅうれん》は起きないことを知らなかったのか、相当に焦って思いつくままに出まかせを言っただけでしょう。むしろ、演劇の天才と謳《うた》われた城井先輩に嘘だとばれないような演技をしたとべっち先輩って、本物の天才なんじゃないですかね？　それに、あの場所を定位置にしている脇屋先輩がタバコのにおいに気づいていなかったと本気で思っているんですか？　いいですか？　喫煙後の残り香が臭いことを知らないのは喫煙習慣のある人だけです。みんなわかっていて、あなたをかばい続けたんですよ」

「そんなわけないだろ。だいたい、なんでそんなことを……」

「それも分かりませんか？　凡人っていうのはですね。天才に対して劣等感を感じながらも、それが身近にいることを誇りにしているんですよ。いつかあなたが成功して有名人になったとき、せめてその天才の仲間だったことを自慢したいんですよ」

「なんだよそりゃ。みんな知っていてオレをかばっただと？」

「そりゃあまあ、笹葉さんに才能があるというのは否定しませんけど、おれの周りにいる天才だと思える人たちは、どちらかと言えば努力の天才なんですよ。とべっち先輩も、脇屋先輩だって……。でも、あなたはどうでしょう？　才能なんて言葉に足を引っ張られていたんじゃあいつかきっと彼らに追い抜かれてしまいますよ」

「言ってくれるな。オレが努力をしていないとでも？　いいか？　努力をしていない天才なんてどこにもいないんだよ。才能があるやつが努力して、初めて天才となりうるんだよ。笹葉にはその才能がある。おまけに努力家だ。だから努力次第で天才になりうるんだよ。だからオレは彼女に執着するんだ」

「本当にそれだけですか？　ただ単に城井先輩が彼女に恋しちゃっているだけでは？」

僕は茶化《ちゃか》して見せる。

「そ、そういうお前はどうなんだ？」

「僕?」

僕は——決して笹葉さんに恋しているわけじゃあない。だって僕は……

「お前だって自分に才能がないと勝手に決めつけているだけなんじゃないのか? その能力を努力によって開花させれば天才にだってなりうるかもしれないだろう? どいつもこいつも自分のことを過小評価しすぎなんじゃないのか? もしくは過小評価することで努力することから逃げようとしているだけなんじゃないのか?」

「……」

城井先輩が言っている『お前はどうなんだ』という言葉は、僕が笹葉さんに恋しているだとかそういう意味の言葉ではなかった。何でそんな勘違いをしてしまったのだろうか。そんなことを深く考えたわけではないけれど、僕が最後に城井さんに投げかけた捨《す》て台詞《ぜりふ》は——。

「ともかく、あなたに笹葉さんは渡しませんから」

「わかった。宣戦布告と受け取っておく」

そう言って、城井先輩は生徒会執務室の前を立ち去った。

一仕事を終え、大きくため息をつく。

――まったく。僕のような小物が城井先輩のような人を相手をするには、たとえ伊達《だて》と酔狂が取り柄の僕であっても随分とすり減らすものがあるだろう。

生徒会執務室のドアを開け、中を覗《のぞ》き込む。生徒会長様が一人忙しそうに雑務をこなしているようだ。

「今、ひとり？」

「ええ、城井先輩が話をしたいからって、ほかの役員を追っ払ってしまっていたの。もう、こっちだってやることが山済みで猫の手も借りたいくらいなのに……まあ、いいわ。こうして竹久が来てくれた時に二人っきりというのはかえって都合がいいもの」

「……それは、おれと二人きりになりたかった……という意味でとらえて良かったのかな？」

「な、何言ってんのよ！　そういう意味じゃないわ！」

生徒会長様は頰《ほお》を赤らめて視線を逸《そ》らす。こういうところが僕の知る以前のままの彼女であることに安心を覚える。

――新生徒会長の笹葉更紗《さらさ》。

笹葉さんは先日行われた生徒会選挙に立候補して、新生徒会長となった。例年であれば生徒会長をやるのは二年生の生徒であり、入学間もない一年生である笹葉さんがその役職に就くというのはあまりにもレアなケースだ。それに関して説明すればきっと長くなるので今は割愛させていただくとして、ともかく彼女はサナギから見ごとに羽化して蝶《ちょう》となり、慣れない雑務に追われる毎日である。

「あ、あのね……部活動の部費に関する予算をまとめなきゃいけなくて、それで資料に目を通していて気が付いたんだけど……」

「あ、ああ……なるほど。そういうことか。生徒会長ともなると随分と忙しそうだね」

「うん、それでね……少し信じがたいことなんだけれども……どう調べてみても、竹久たちの所属している部、漫画研究部なんてどこにもないのよ」

「え？」

「記録の上ではあの部室の名義はまだ文芸部のままになっていて、今は廃部した扱いになっているの。つまり葵《あおい》先輩は初めから漫画研究部なんて立ち上げてもいないし、あの部室は使われていないものを無断で占拠しているだけ……と、いうことになるわ。他の先輩にも話を聞いてみたんだけど、やっぱり誰も去年漫画研究部なんてものが存在したという事実を知らないみたいなの。それに部活動をして認められているなら顧問の教師がいるはずなのだけれど、当然漫画研究部の顧問をしている教師というのはどこにもいないのよ。

つまり、葵先輩はずっとあの教室を届け出無しで不当に占拠し、通い続けていただけ……」

「そんな……」

たしかに、そう言われてみれば納得するところもあるにはある。僕がはじめてあの部室を訪れた時も表札は『文芸部』と書かれていたために勘違いして入ったことが原因だ。今までは単に表札を書き換え忘れているだけだという話を栞さんに聞かされて納得していたけれど、確かにおかしいと言えばおかしい。しかし、今まで無断で占拠していただけで問題が無いのならばそれ自体たいした事でもなかったのだが、やはり、ことはそれだけでは済まされないようだ。

「あのね、今まではそれでよかったのかもしれないけれど、ウチが生徒会長となって、それに気づいてしまったからにはどうしてもそのまま放っておくわけにもいかなくて……。ほら、今年もまた新しく部を創設したいって届出も出ているし、正直部室が割り当てられないような部だってあるかもしれなくなっているの」

「……つまり、おれたちはあそこにはいられなくなると？」

「うん、まあ、正直に言えばそういうことになる……。あの旧校舎一階の隣、競技かるた部も二階にあった油画部も部員が集まらなくて廃部となることが決まり、部室も明け渡さなきゃいけなくなったし、このまま見過ごすというわけにはいかないのよ。ウチの、立場としても……」

「まいったな、そりゃあ……」

——この学園には図書室というものが無い。読書好きの僕としては静かなあの場所が思うように使えなくなるというのは淋《さび》しいことだ。僕が、瀬奈《せな》と一緒にいられる場所であることとしてもそうだし、せっかく用意した黒崎《くろさき》大我と葵栞とを引き合わせるための場所としてもだ。

演劇の舞台演出上とはいえ、全校生徒の目の前で大我の好意を拒否してみせた栞さんではあったが、引き続きこの部室に訪れる大我を黙認している様子だった。しかしあの部室が使えないということになれば……

「それでね、竹久。ウチ、差し出がましいようなのだけれども、少しだけ対策を練ってみたの」

「え?」

「つまりね、また改めて新しい部を申請する、というのはどうかしら」

「たしか、この学校のルールでは五人以上の部員で新しく部を申請することができて、三人未満になると廃部になる、ということだよね。おれは漫画研究部を存続させるために大我を部に引きこんだ。それで、部は存続できると考えていたんだけれど、そもそも存続させる部なんて初めからなかったんだ」

――僕はふと考えた。もし、この部室が初めから不当に占拠していただけのものだとしたら、初めて僕に会ったときに僕や瀬奈を引き込む必要なんてなかったわけだし、部の存続のために大我を勧誘する必要もないわけだ。なのに栞さんは僕を使って大我を入部させようとしたということは……

いや、今はそんなことより部の存続をさせることが必要だ。今現在、部員は僕と栞さん。そして大我の三人が確定していると言っていい。

「つまり新しい部を申請するにはあとふたり必要ってことか。普通に考えるなら瀬奈に声をかけるべきなのかもしれないけれど……」

「うん、それが瀬奈は……別の部に加入することになっているの……」

「え、そうなのか？　き、聞いて、なかったな」

「ウチの学校のルールでは、ひとりの生徒が複数の部に所属することは禁止されているから……」

「人数が、足りないわけだ……」

「それでね、油画部の赤城《あかぎ》さんに声をかけてみたの。油画部が廃部になったから必然的に部室を失ってしまったのね。だから取引を提案してみたのよ。

絵を描く場所を提供するかわりに、新しく申請する部に名前を貸してほしいって。赤城さん、快諾してくれたわ」

「そうか、それは仕事が早いな。ところで赤城先輩に絵を描く場所を提供するって、いったいどこを？」

「これよ」

笹葉さんが取り出したのは見覚えのある鍵だ。立派な鼻ひげを生やした猫のキャラクター『吾輩《わがはい》は夏目《なつめ》せんせい』のキーホルダーからぶら下がっているその鍵はおそらく旧校舎の三階、時計塔の機械室の鍵だ。長い間行方不明になっていたものを少し前に発見して職員室に返した。

「で、でもそれ……普段職員室に置いてあるものだろ？　理由もなく貸し出してはくれないはずだ」

「そのことなら心配ないわ。だってこれ、ウチが職員室に預ける前にこっそり作っていたスペアキーですもの。それに、万が一誰かに見られた時にも複製だと疑われないように同じキーホルダーもつけておいたわ。このキーホルダー、なかなかレアなグッズだから信《しん》憑性《ぴょうせい》も高いはずよ」

そして彼女は、目を細めて『ししっ！』と笑う。まるで誰かの真似《まね》でもするように。

「じゃあ、残りはあと一人だね」

「そ、その……残りの一人……なんだけど……ウチ……じゃあダメかな？」

「え？　笹葉さんが？　でも、生徒会長の仕事があるんじゃ……」

「うん、まあそれはそうなんだけど……。別に生徒会の仕事は部活動ってわけじゃあないから兼任することはできるのね。活動自体には参加する時間が取れないかもしれないから一応名前を貸すだけみたいにはなるのだけれど……」

生徒会と部活動とは兼ねられ……。確かにその穴を見つけて一計図ったのは僕だ。

「いやまあ、笹葉さんがそれでいいっていうならおれとしても断る理由なんてないけれど……でもいいのかな？　演劇部の城井先輩がしつこく笹葉さんを勧誘しているみたいだけれど？」

「別に、演劇部に入りたいわけじゃあないから問題ないけれど……そ、それにね。さっき竹久言ってくれてたでしょ。ウチのことを城井さんには渡さないって……そこの扉、薄いから結構話が聞こえてくるのよね」

つい、勢いで言ってしまったさっきの言葉、まさか聞かれてしまっていたとは……。まあ、聞かれてしまったのなら今更隠す必要などないだろう。

「ああ、笹葉さんは絶対誰にも渡さないから」

「ちょ、な、なに言ってんのよ！　べ、べつにそういうことを言っているわけじゃないんだから……」

笹葉さんの白い肌が、みるみるうちに真っ赤に紅潮してしまった。

「え？　おれ、なんか変なこと言ったかな？」

「な、なんでもないわよ！」彼女は背を向け、後ろ手に持っていた、部活動申請用紙を差し出し、そのままで言葉をつなぐ。「ともかく、これで仮提出しておくのだけれど、竹久は今日中に部の名前を決めておいてよね」

「部の名前？　漫画研究部じゃ？」

「別に、それでいいのならそれでもいいのだけれど、せっかくだから名前を新しく決めてもいいんじゃないかしら？　一応、部長は竹久にしておいたから。あなたが責任を持って決めるのよ。いいわね！」

「部の名前か……。それにしてもおれが部長……とはね」

「あとそれともう一つ」

「ま、まだあるのか？」

笹葉さんは机の中から冊子を取り出す。

「こんなものを見つけたのよ」

「これは――」

「学園祭の日、ウチらが演劇をしている時に体育館の入り口で販売されていたらしいのよ。ウチの学校の女子生徒が販売していたらしいのだけれど、それが誰なのかがわからないのよ」

そこに置かれた冊子の表紙にはイケメン王子とその家臣らしき男のイラストが描かれている。一見ＢＬ漫画の表紙のようにも見えるがそのタイトルが『To be or not to be』となっていることだけでなく、イラストの二人の男性に似た人物を僕はよく知っているし、その絵柄にだって見覚えがある。手に取って中を見るとそれはあの学園祭で演じた劇の脚本だ。実際の僕たちが使っていたのは僕がパソコンで書いて印刷したものをホッチキスで止めただけの簡素なものだったが、これはきれいに製本されてところどころに挿絵も入れてある。

「まあ、誰が作ったのかはまるわかりだけどね」

「問題はその冊子、生徒会には無許可で販売されていたのよ。まあ、許可も何もそれを申請するべき漫画研究部なんて初めからなかったのだから当然と言えば当然なのだけれど、まあ、それはいいわ」

「い、いいんだ」

「だって、それが販売された学園祭当日、ウチはまだ生徒会長ではなかったわけだし責任はないわ。それどころかウチが所属することになる部の前身がもたらしたであろう不祥事なら、その火の粉が降りかからないようにもみ消しておくことにするつもり」

「わるい会長殿だ」

「それよりも問題はその中身よ。竹久、演劇の脚本が書き換えられていたことは知らなかった、ラストシーンはアドリブで演じたって言っていたわよね？」

「あ、ああ……」

ページをめくり、演劇のラストシーンのセリフを確認する。

物語の後半は細部こそ違うものの僕の予定していたリア王とコーデリアのハッピーエンドではなく、生きていたティボルトがゴネリルと結婚して国を乗っ取ろうとするストーリーになっていた。それはいい。どうせあのシナリオは栞さんと城井先輩で考えたものなのだろうし、はじめからそう演出するよう画策されていたのだから。

問題はその後だ。脚本では、その後に現れたケント伯によってティボルトが討たれるというシナリオになっている。

これは、僕が演劇のステージ上でアドリブとしてやったことだ。これが学園祭の当日印刷されて販売されていたというのなら、僕があの時どう行動するのか、栞さんは完全にお見通しだったというわけだ。

しかしたとえばこれが、学園祭当日販売されたものではないということだって考えられる。学園祭の後でその部分を書き直したうえで印刷され、笹葉さんのもとへ巡ってきたということも考えられるが、おそらくそうではないだろう。そうであるならば僕のセリフはきっと一字一句誤りのないように記載されていると考えていいが、これは意味合いこそはあっているもののセリフ自体は全く別のものになっている。

そして何よりも、物語のはじめ。ゴネリルのリア王に対する愛の告白のセリフは、僕が書いたセリフのままだった。

そのセリフが変更されたのは学園祭の前日。笹葉さんが考えて提案して演じたもので、前もって印刷された脚本なら変更されていないのは道理にかなう。そして、演劇の後にそれに準じて書き換えたというのならば、あの素晴らしいセリフに書き換えないはずがない。

「やっぱりウチは、葵先輩のことがいまひとつ信用できないし、好きにはなれないわ。だから、部長は竹久がやってくれるほうが嬉《うれ》しいかな」

「そうだね。確かにおれなんかじゃ栞さん相手にかなう訳もなく振り回されるだけになるだろうけれど、笹葉さんが力になってくれるというのなら少しはやりようもあるかもしれないな」

「うん……ありがと」

生徒会執務室は他の教室よりも風通しが悪いらしく、内緒話のために窓を閉め切った教室の中で、冷え性で厚着をしている笹葉さんは少しほてってしまったのだろう。赤ら顔でうつむいている。

そろそろ僕も立ち去ったほうがいいだろう。舞台脚本の冊子を受け取った僕は少し気障《きざ》な挨拶をしながら生徒会執務室を後にした。


学園敷地内の一番奥にある旧校舎のとある教室に到着。

教室の隅では栞さんが黙って原稿用紙にGペンを滑らせ、ゴリゴリと紙を削る音が聞こえている。紙とインクの匂いは嫌いじゃない。心を落ち着かせてくれる。

新入部員の黒崎大我は部長の命令に従いおつかいに送り出されているらしい。居候の美少女宗像《むなかた》瀬奈が暇を持て余していたようなのでゲームの相手をしてやることにする。

「これはもうアタシの勝ちだな」

そう言いながら彼女は8×8マスの盤面に並ぶ白い石を次々とひっくり返し、黒い石へと並び変えていく。細めた目と眉が二つのVの字を作り勝利を確信したように微笑《ほほえ》んで見える。

『ししっ！』と言っているようにも見えるが声に出しているわけではない。単に僕がそう感じて心の中でアテレコしているだけだ。

「もういい？　納得した？」

鼻歌交じりのご機嫌な彼女に問いただすと。「どうぞ！」と言う。

「それじゃあ——」

8×8の盤面の隅に白い石を置いた僕は先ほど彼女が黒くひっくり返したばかりの石を片っ端からひっくり返し、盤面のほとんどを白に染めていく。

「あぁ、なんてことするのよ！」

「そんなこと言われてもな」

「もう、なんでユウはそんなに強いのよ、しおりんとは引き分けだったのにぃ……」

「いや、むしろなんで瀬奈はそんなに弱いんだよ。もう、これで角は三つが僕のものだ。

もう、負けを認めてもいいんじゃないか」

「いや、アタシは絶対あきらめないから。まだまだ逆転の余地はあるわ」

「いやあ、ないと思うけどな」


——この後、盤面をめちゃくちゃ白くした。


「あー、もう一回勝負よ」

「かまわないよ。先攻後攻どっちがいい？」

「もちろん先攻の黒よ。だって黒のほうが白よりも絶対強そうだもん！」

「〝絶対強そう〟って、随分といい加減な考えだな。そもそも〝絶対〟って言っておきながら〝強そう〟って不確定な言葉を組み合わせてるし」

「あーもう、そーいうのいいから。なんか強そうだから強そうでいいのよ」

「まあ、確かにオセローのほうが隊長でイアーゴーは部下だから強いっちゃあ強いのかな」

「は？　ユウ何言ってんの？」

「いやだから、オセローと黒と白の話」

「ん？」

――通じていなかった。まあ、瀬奈はあまり文学とかに興味がないらしく仕方のないことなのだけど。

「うん。『オセロー』はシェイクスピアの四大悲劇の一つともいわれる作品で褐色のムーア人隊長オセローとその部下で白色肌のイアーゴーを中心とした物語だ。イアーゴーは奸《かん》計《けい》に長《た》けていて掌《てのひら》を何度も返しながら人々を翻弄し、オセローはその度に気持ちをコロコロと変えていく姿からこのオセロというゲームの名前が付けられたんだ」

「ああ、なんか知ってる。確かオセロって日本人が考えたんだよね。それなのに海外の話から名前をとったんだ」

「うん、まあ、それに関して言えば少しややこしい話があるんだけどね。一応、オセロゲームを開発したという長谷川五郎さんは一九七〇年ごろにツクダにアイディアを持ち込んで商品化したんだけど、十九世紀にはほとんど同じルールのリバーシというゲームが存在していて、これを開発したとされるジョン・モレットとルイス・ウォーターマンはシェイクスピアと同じイギリス人なんだ。だから、この二人がリバーシをオセロと名付けておくほうが話はしっくり来たんだろうけどね」

「あれ、日本人が考えたんじゃないんだ」

「どうだろう。長谷川さんがリバーシの存在を知っていたかどうかは定かではないし、そのあたりのエピソードも二転三転して事実が何とも言えない。そもそも日本にも源平碁という名の非常に似たゲームは以前からあったわけだけど、あくまでオセロという名前で商標登録をしたのは長谷川さんであって、二十年の間ツクダはそのあたりの真相を白黒つけずに商標を守り続けた」

「うーん。でもそれって……」

「それ以上は言ってはいけない。もはや過ぎたことだし今更白黒つけることに大した意味なんてないよ。オセロは日本人である長谷川さんが考案したゲームだ。それで十分」

「まあ、それを言い出したのはユウなんだけどね」

「ああ、それはそうと、こういうものを見つけたんだ」

　僕は先ほど笹葉さんから受け取った冊子を取り出し机の上に置く。聞き耳を立てていた栞さんはペンを止め、眼鏡をはずした。

「いやあ、たけぴーのおかげでひと稼ぎさせてもらったよ」

「いったいいつの間に用意したんですか、こんなもの」

「いつの間にって、そりゃあ当日に間に合うように前もってだよ。劇も大盛況だったおかげで、一部三百円で三百冊、学園祭の当日に完売したよ。だからネットで予約を受け付けて追加の二百冊、今日完成したって報告があったので今、黒崎君に取りに行ってもらっているところだ。あれ、もしかして自分の取り分を要求したいとかそういう話だったのかな？　それならもう全部使っちゃったから残ってないんだよね。どうしてもっていうなら体で支払わないこともないけれど」

栞さんがネクタイをするっと滑らすようにほどき、シャツのボタンを上から二つはずす。シャツの中で窮屈そうにしていた胸元が少しだけ覗《のぞ》く。

「ちょ、ちょっと、しおりん！」

瀬奈は相変わらず無邪気に驚いた様子。いい加減慣れてもいいころだと思う。

それにしても一冊三百円で合計五百冊か。単純計算で十五万円。僕はそのあたりに詳しくないので何とも言えないが、印刷代の経費を差し引いたところで十分に利益が生まれているだろう。そして漫画研究部という部活動が実在しないのであればその収支報告を学校側へ申請する必要もなく、栞さんの懐に入るのだ。

おそらくその金額があれば、体育館のステージの照明をＬＥＤからハロゲン球に交換するくらいのことはできるのではないだろうか。

「まあ、この件に関しては我らが新生徒会長殿がもみ消してくれるそうですが、次からはちゃんと報告するようにしてくださいね。笹葉さんに、あまり迷惑をかけないようにしてください」

「たけぴーがそう言うのなら従うよ」

「それならいいけど……あまり信用に値しないんですよね。栞さんの言葉は。

それより、ふと思ったんですが、学園祭当日、体育館の入り口で冊子の販売をしていたという女子生徒、いったい誰なんですか？　めぼしい人は皆ステージの上に立っていたわけだし……」

「あ、それなら——」

普通に考えるならば栞さんの友達……ということなんだろうけどそれはそれで納得しがたい。彼女には、友達という友達がいないのだ。僕らを除いて。

「——ぽっぽ君じゃないかな？」

と瀬奈。信じがたいようなことを言った。

「ぽっぽだって？　いや、販売していたのはウチの学校の女子生徒で……」

「ぽっぽ君ならあの日、うちの学校の女子の制服を着ていたよ。緑のネクタイだったし、あれ、しおりんの制服だよね？」

「そうだよ。ぽっぽ君の女装、なかなか似合っていただろ」

栞さんはあっさりと事実を認めた。そういえばたしか、学園祭当日ウチのクラスのコスプレ喫茶に来店した栞さんは女友達と一緒だったと大我が言っていたが……それならば僕も一目見ておきたかったなと後悔する。

　そんな僕の隣で冊子を眺めていた瀬奈が声を上げる。

「あ、アタシ。わかっちゃったかも……」

「なにが？」

「この演劇に隠されていた本当のテーマよ。ほら、城井さんが脚本を書き換えたって言ってたでしょ？」

「ああ、言ったよ（本当に書き換えたのはたぶん栞さんだろうけど）」

「たぶん城井さんはユウの演劇の脚本を見て自分も出演したいって思ったのよ。舞台に上がってとべっちさんと仲直りするために！」

「なんで、そうなるんだよ？」

「ほら、ココ見て！　この脚本のタイトル。本当は城井さん、とべっちさんのことが好きだったのよ！」

『to be《トベ》 or《オレ》 not《ノ》 to be《トベ》』

　ああ、なるほど。確かにそう読めなくはないかもしれないが、どうしてそんな結論にたどり着くのか不思議でしょうがない。そもそもこの脚本のタイトルをつけたのは僕だし、そんなはずもないというのが当然の意見ではある。僕はそのことについてちゃんと否定するべきなのか、しないべきなのかについて迷った。迷った挙句無視することにした。そんなことは大した問題ではない。そんなことよりも僕には気になっていることがある。

「ところでさ、瀬奈……。部活、始めるとか聞いたんだけど……」

「あ、そうそう。そのこと言わなきゃいけないんだった！　アタシね、軽音楽部に入ることにしたの！　フラッパーズのみんなにヴォーカルとして正式のオファーされちゃってさ。ほら、アタシ頼まれると断れないタイプじゃん？」

「頼まれると断れない？　だったらさ……」

――そんな部活になんて参加しないで、僕と一緒にいてくれとお願いしたいのだけど……

そんな言葉を用意してみたけれど、それを口にする勇気はなかった。

瀬奈は頰《ほお》を赤らめてそっぽを向き、

「んまあ、ともかくそういうことだから、今までほどここへは遊びに来れなくなるかなあ」

そんなことを言う。僕は強がりで返す。

「そ、そうか……それはさみしくなるね」

「あれれ？　もしかして泣いちゃう？」

意地の悪そうな瀬奈から目をそらし、栞さんへと視線を移しながら、

「うん、それは泣いてしまうかもしれないな。泣きそうだから栞さんに慰めてもらわなきゃ。

　ねえ栞さん、前に言ってましたよね。やりたくなったらいつでも声かけてくれって、確かお願いされると断れないんだって。僕、やりたくなったのでお願いします」

「うん、まあたけぴーがそう言うのなら仕方ないね。断る理由なんてどこにもないし」

「ちょ、ちょっと何言ってるのよ！」

　瀬奈が慌て始める。

「あ、よかったら瀬奈も見ていかないか？　何なら手伝ってくれてもいいけれど……、瀬奈もさっき、頼まれると断れないタイプだって」

「い、言ってない、言ってないよそんなこと。それに、アタシ今からバンドの練習あるから今日はちょっと……」

　慌てるように荷物をまとめて教室から抜け出す瀬奈。教室には栞さんと僕だけが取り残される。

「いいのかい？　せなちー行っちゃったけど」

「彼女なら大丈夫ですよ。僕も少しばかり本気ですからね、さすがに瀬奈がいたんじゃあ気が散ってしまう」

「そうじゃなくてさ、あーしなんかでいいのかい？　本当はせなちーとやりたいんじゃ？」

「瀬奈ではいろいろと物足りないものがありますからね。それに、ついさっきやったばかりですから」

「そうかい、じゃああーしが相手になってあげよう。さあ、始めようか」

「望むところです」

栞さんと二人向かい合い、間に８×８の盤面を置く。

「黒と白、どっちがいい？」

「もちろん黒です。だって黒のほうが絶対強そうですから」

「それほとんど負けフラグだよ」

「負けるわけないじゃないですか」

対局は均衡する。どちらも互いに牽制《けんせい》しながら慎重に手を打つも、これと言った決定打を打てず、じりじりと盤面だけが白黒に埋め尽くされていく。

「ところでたけぴー。オセローのことなんだけどさ」

栞さんが話しかけてくる。

「その手には応じませんよ。そうやって僕の集中力を欠こうっていう魂胆でしょ」

「イアーゴーはいちごの模様のハンカチがオセローから妻に贈った大事なものだと知っていたにもかかわらず、副官であるキャシオーがそれを知らなかったというのはおかしな話だと思わないかい？」

僕の言葉を無視して話し続ける栞さんの言っているのは、シェイクスピアの戯曲『オセロー』のことだ。さっきも触れた通り、このオセロゲームの名前の由来にもなっている。褐色の隊長オセローとその副官キャシオー、それに奸計《かんけい》高いイアーゴーの物語だ。

件《くだん》についてでは、オセローの妻が大切なハンカチを落としてしまい、それを手に入れたイアーゴーがキャシオーに罠《わな》を仕掛けるために彼の部屋に落とすというところだ。キャシオーはそのいちごの模様が気に入ったからと懇意にしている娼婦《しょうふ》にこれのコピーを作ってくれと頼む。そのさまをオセローが見て、キャシオーと妻が浮気をしていると疑うことになるのだ。

「残念ながら、そのことについては以前、ゆっくりと考えたことがあるんです。だからその推理に夢中になって手を打ち損じるなんてことはないですよ」

「ほう、では聞かせてもらえないかな」

「ええ。カギは物語の前半です。舞台がヴェニスのころにイアーゴーとキャシオーの会話で、イアーゴーの『将軍は結婚したのだ』という言葉に対し、キャシオーは『相手は誰だ？』と言っている。つまり、この時点でイアーゴーが知っている事実を副官であるキャシオーは知らなかったわけだ。しかもオセローの妻とキャシオーとはそれ以前からも知り合いだったらしい記述もあることから、キャシオーだけが知らなかったというのはどうにもおかしいように思える。そしてオセローとその妻デズデモーナの結婚は親の許可を得ることもなく、作中の言葉を使うならば盗人《ぬすっと》のように結婚したのだという。

僕が思うにキャシオーは以前からデズデモーナに想《おも》いを寄せていて、隊長であるオセローはそのことに気づいていた。だからキャシオーが行動を起こす前にオセローは抜け駆けしてデズデモーナと結婚した。そのことを引け目に感じていたオセローは神経が過敏になっていたんじゃないだろうか。もし、自分が行動せずにずっと見守っているだけだったなら、デズデモーナはキャシオーの愛を受け入れて結婚していたんじゃないかと考えていたわけだ。だから、イアーゴーの告げ口には信憑性《しんぴょうせい》があり、妻の浮気を疑った。

そしてキャシオー。本当はあのハンカチがオセローから妻に贈られた大事なハンカチだということを知っていたんじゃないかな。そのハンカチが自分の部屋に落ちていたことから、彼女が自分と逢引《あいび》きするために来たんじゃないかと期待する。そこでキャシオーは一計思いつく。いちごのハンカチのコピーを作り、町の娼婦に持たせることで、オセローの贈ったハンカチはそれほど価値のあるものでもなく、オセロー自身が方々で浮気をしているのだと妻に思い込ませようとしたんじゃないだろうか」

僕は黒い石を8×8の盤上の隅に置き、その周りの白い石を一気にひっくり返す。

「なるほど、そう来たか……。うん、ではもう一つ聞こう。オセローにとって信頼している部下はあきらかにキャシオーではなく、イアーゴーの方だ。なのになぜ副官はキャシオーなんだろうか？」

「え、あ……うーん。それはさ、オセローよりも地位の高い人間が任命したんじゃないかな。オセローの妻の父親はたしかヴェニスの高官で、キャシオーとは以前から知った仲だったはず。もしかしたら娘とキャシオーを結婚させたいと思っていたのかもしれないですね。それをオセローが間に入って結婚してしまった」

「だとしたら父上殿はお怒りになっただろうねえ」

「確かオセロー達がサイプラス島に赴任して間もなく死んでしまったはずだ。娘がヴェニスにいなくなったことで急に衰弱してしまったんだとか。物語中盤でその弟と親戚がサイプラス島にやってきてそんな話をする」

「そう、そこでその親戚筋はキャシオーを隊長に任命しようとして、イアーゴーが計略を起こすきっかけになるわけだけど……その親戚筋はなぜ到着してすぐに父が死んだことを娘に告げようとしなかったんだろうか？　それどころかオセローをさらに奥地の任に着けようとしている。当然妻はそこについていくことになるだろうし……。まるでこの親戚たちは父の死を隠して、娘がなるべくヴェニスに帰ってこられないようにしているようにも感じるのだけれどね。彼女の父は確か、ヴェニスの権力者なのだろう？　娘がいなければ誰がその家督を継ぐのだろうか？　本当に父は娘がいなくなったことで衰弱死したんだろうか？　自分の息のかかったキャシオーをサイプラス島の隊長に任命することでその地位を盤石にしようとしていたのでは？」

「……」

「はい、じゃあこっちの角はいただくね」

――しまった。またしても栞さんのペースにはめられて打ち誤ってしまったようだ。

勝利を確信したのか、余裕を持った栞さんは演劇の脚本を眺めながらに相手をする。

ふと表紙に描かれているイラストを見ながらライトノベルみたいだなと思う。思えばこの部のメンバーは僕と笹葉さんが文学系だとして、栞さんと赤城さん（名前を借りているだけだけど）はイラスト系なわけだ。それならばいっそのこと……

「ねえ、栞さん。新しく設立する我が部のことなんだけどさ、『軽文学部』というのはどうだろう？」

「好きにするがいいさ」

　さすがは栞さん。いちいち余計な説明をする必要がないのは楽でいい。もとより、彼女にとっては初めからこうなることが計画通りなのかもしれないけれど。

「じゃあ、決まりですね」

「あ、もしかして『軽文学部』という名は『軽音楽部』にせなちーを取られてしまったことに対する当てこすりなのかな？　当てこすりって言葉……」

「別にエロくないですよ」

　――彼女のペースに飲まれないようにする。

「そんなことよりいいのかい？　たけぴー、早く白黒つけないと、瀬奈ちーはあのバンドメンバーにとられちゃうよ？　それともなにかな？　他にも白黒つけたい相手がいるのだとか？」

「誰のことを言ってるんです？　でもまあ、そうなんでも白黒つけてしまうのがいいというものでもないんじゃないですか？」

「そんなことを言っているとそのまま灰色の生活を送ることになりそうだ。灰色でいいのは脳細胞だけだよ」

「何も灰色にしなくてもいいのでは？　パンダもシマウマもかわいいですよ。それに、栞さんこそどうするつもりですか？　あの黒のこと」

「残念だけど虎は白黒じゃない。黄色と黒だからね。あーしのアオハルに介入する余地はないね」

——勝負がついたようだ。

僕はもう少しどうにかなるんじゃないかと期待していたのだが、さすがに栞さんの前には手も足も出ない。

「そんなに落胆することはないだろう？　君は負けていないんだからさ」

「引き分けだから落ち込んでるんですよ。栞さん、わざと引き分けになるように打ったでしょ？」

——噂《うわさ》をすれば影。いや、もしかすると少し前に到着しておきながら外で会話を盗み聞きしてタイミングを見計らったのかもしれない。段ボールを担いだ我らがリア王の到着だ。

「何の話だ？　さっき、白だとか黒だとかいう会話が聞こえたけど」

「ああ、オセロのことだよ」

僕は机の上に開きっぱなしのオセロゲームを指さす。

「ああ、そういえば優真《ゆうま》、知ってるか？　オセロってやっているときに、つい秘密にしていることをばらしてしまうことがあるってのを？」
「いや、初めて聞いたな。そうなのか？」
「だってさ、黒白《コクハク》ゲームなんだぜ」
「大我、そういうところだぞ」

最近の世の中ときたらやたらめったらと黒白つけたがる傾向があるようだ。そしてその結論は黒のほうが多いから勝ちなのだとか、白のほうが少ないから我慢しなければならないだとかそういうことではないし、むしろ数が少なくても声が大きければ勝ってしまうということだってありうる。なんでも黒だの白だの決めつけて排除しようとする必要なんてどこにもないし、それならばいっそグレーであり続けることこそが平和と協調を生み出すのではないだろうか。

——いいや、わかっている。こんなくだらない戯言《たわごと》でけじめをつけることから逃げていることくらい。

もちろん。僕だっていつかはちゃんと彼女に黒白つけようとは思っているのだ。それを、いつやるべきなのか。
それが、問題だ。

# あとがき

この度は拙著「僕らは『読み』を間違える」2巻を手に取っていただきありがとうございます。1巻の発売早々にTwitter等でエゴサしてみると、絶賛の言葉を多くいただき、中には早くも次の『このライトノベルがすごい！』に投票したいなどの声をいただき、恐縮極まりない思いでいると同時に、2巻となる本書が果たしてどこまで受け入れられるのかということに大きな不安とプレッシャーを抱えております。

正直、こんなに早く2巻が出せるとは思っていませんでした。第27回スニーカー大賞で受賞が決まったのが1月、それに対して1巻が出版されたのが12月なので一年近くの期間がありました。その間に勝手に2巻を書き始め、編集さんに送りつけてしまっていたのですが、まだどの程度売れるのかもわかっていない状態で早々に発刊を決意してくれたようです。

正直な話、これで全然売れなかったら担当編集さんに迷惑が掛かってしまいます。もしかしたら首が飛ぶかもしれない。まあ、さすがにそれは冗談として。読者の皆さん、本書が面白いと感じたときは自分だけの秘密にしないでほかの人に教えてあげてください。よろしくお願いいたします。

　さて、話は変わりますが書店がどんどん少なくなっています。若いころから暇さえあれば（なくても）書店に立ち寄り、何時間でも居座れるほどに好きだったのですが、最近めっきり数が少なくなり、しかも営業時間も短くなって仕事終わりに立ち寄ることさえできなくなってしまいました。

　本作中に出てくる書店、これは実際にある書店をモデルに書いていたのですが、本作を執筆しているある日、閉店しますという案内を見て、閉店前に最後にもう一度行っておこうと足を向けました。本当はこの店頭に1巻が並ぶ日を夢見てはいたのですが、少し間に合わなかったようです。ちなみに例のサンドイッチ屋、これも実在したお店をモデルにしていましたがそれも数年前に閉店してしまったようです。

　時代というのは放っておいてもどんどんと流れゆくもので、ネット通販や電子書籍が普及すればするほどに町中の書店が少なくなっていくことは致し方ないことでもあり、それをさみしく思う反面、受け入れなければならないのもまた事実です。

　本書登場人物もまた、中学という過去の生活環境から高校という新しい環境へと移行する中で過去を引きずり、苦悩して、新しい生活へとなじんでいきます。

　近年実世界でも色々なことが目まぐるしく変化していく中で、皆さんも多くの受け入れがたいという思いを抱きつつ生活していることでしょうが、そんな時もどうか自分の殻に閉じこもらずに羽を広げ羽ばたいてみてください。やらなければ何も始まりません。

なんだか堅苦しい言葉になってるかな？　仕切り直します。

本書制作時に担当編集さんから、イラストのぽりごん。さんとの打ち合わせのため舞台衣装についての相談を受けました。イメージを伝えるためにネットでさんざん探し回りましたが、なかなかこれというものが見つからず、まあこれでいいかという写真を何点か送りました。しばらくしてぽりごん。さんから衣装のラフが上がったのですが、それを見た瞬間に、なんで頭の中のイメージが分かったんだ！　と叫んでしまいました。どうやら超能力が使えるようです。

また、担当編集のKさんのアドバイスを経ての改稿作業ですが、あまりにも指摘が的確過ぎてもう頭が上がりません。好きです。授賞式で実際にお会いしたときに Twitter のアイコンそのままの人すぎて一目見た瞬間に分かりました。

そして受賞作、「僕らは『読み』を間違える」を買ってくださった皆様、特にネット上に応援メッセージや感想を上げてくださった皆様にも本当に感謝しております。その声で執筆する勇気を与えられましたし、多くの読者様が手に取ってくれるきっかけとなりました。おかげで、本書があるわけです。

是非、このまま3巻を書かせていただけるようご助力お願いいたします。

最後に、またしても本作発売後にカクヨムにおいて外伝エピソードを公開しようと思います。できれば作中に登場する舞台の脚本なんかも公開したいと準備しておりますので、よろしくお願いします。

水鏡月《みかづき》　聖《ひじり》

12.24.2022
ありがとうございました。

# 僕《ぼく》らは『読《よ》み』を間違《まちが》える2


著　水《み》鏡《か》月《づき》聖《ひじり》

角川スニーカー文庫　23525

2023年２月１日　初版発行

発行者　山下直久

発　行　株式会社KADOKAWA
〒102-8177 東京都千代田区富士見2-13-3
電話　0570-002-301（ナビダイヤル）

印刷所　株式会社暁印刷
製本所　本間製本株式会社





Printed in Japan　ISBN 978-4-04-113385-9　C0193


**★ご意見、ご感想をお送りください★**

〒102-8177 東京都千代田区富士見 2-13-3
株式会社KADOKAWA　角川スニーカー文庫編集部気付
「水鏡月聖」先生
「ぽりごん。」先生

# 角川文庫発刊に際して

角川源義

第二次世界大戦の敗北は、軍事力の敗北であった以上に、私たちの若い文化力の敗退であった。私たちの文化が戦争に対して如何に無力であり、単なるあだ花に過ぎなかったかを、私たちは身を以て体験し痛感した。西洋近代文化の摂取にとって、明治以後八十年の歳月は決して短かすぎたとは言えない。にもかかわらず、近代文化の伝統を確立し、自由な批判と柔軟な良識に富む文化層として自らを形成することに私たちは失敗して来た。そしてこれは、各層への文化の普及滲透を任務とする出版人の責任でもあった。

一九四五年以来、私たちは再び振出しに戻り、第一歩から踏み出すことを余儀なくされた。これは大きな不幸ではあるが、反面、これまでの混沌・未熟・歪曲の中にあった我が国の文化に秩序と確たる基礎を齎らすためには絶好の機会でもある。角川書店は、このような祖国の文化的危機にあたり、微力をも顧みず再建の礎石たるべき抱負と決意とをもって出発したが、ここに創立以来の念願を果すべく角川文庫を発刊する。これまで刊行されたあらゆる全集叢書文庫類の長所と短所とを検討し、古今東西の不朽の典籍を、良心的編集のもとに、廉価に、そして書架にふさわしい美本として、多くのひとびとに提供しようとする。しかし私たちは徒らに百科全書的な知識のジレッタントを作ることを目的とせず、あくまで祖国の文化に秩序と再建への道を示し、この文庫を角川書店の栄ある事業として、今後永久に継続発展せしめ、学芸と教養との殿堂として大成せんことを期したい。多くの読書子の愛情ある忠言と支持とによって、この希望と抱負とを完遂せしめられんことを願う。

一九四九年五月三日

君の紡ぐ物語で
世界を変えよう。
第29回
スニーカー大賞
作品募集中!
大賞 300万円
+コミカライズ確約
金賞 100万円
銀賞 50万円
特別賞 10万円
締切必達!
前期締切
2023年3月末日
後期締切
2023年9月末日
詳細は
ザスニWEBへ
https://kdq.jp/s-award
イラスト/左